ふっくらと丸い下唇を舌先で舐め、真珠色の歯列を割って、
須佐王は仔猫のように薄い邑の舌を絡めとった。（P71より）

妖しの恋の物語

篁釉以子

illustration:
史堂　櫂

prism bunko

CONTENTS

一の巻　邑雲浪漫譚

数えで七つの秋——。

草薙邑《くさなぎゆう》は父方の祖母に手を引かれ、初めて邑雲《むらくも》神社の鳥居を潜った。

棒縞《ぼうじま》紋様の袴《はかま》に、背中に龍と兜の図案を配した平綸子《ひらりんず》に紗綾《さや》柄地紋の羽織り姿。

「七五三のお祓《はら》いに行こうね」

祖母はそう言ったけれど、幼いながらも邑にはそれが、単なる口実に過ぎないとわかっていた。

「僕、今度はこの神社の子になるの？」

僅かに小首を傾げ、いたいけに見上げる黒目勝ちの大きな瞳。

いきなり核心に触れてきた無垢な眼差しに、祖母は言葉を詰まらせた。

「邑、あのね…」

嘘でもいいから、「違うよ」と言って、優しく微笑みかけてやりたかった。

けれど、生まれながらに不思議な力を持つこの孫に、隠し事などできない。

「千歳《ちとせ》さまが、きっとお前の力になってくれるからね」

涙ぐむのをグッと堪えて、祖母は励ますように邑の細い肩に手を置いた。

車の事故で息子が死んだ後、嫁から、「こんな子はもう育てられない！」と、邑を押しつけられて一年あまり。

当初は、「なんて無責任で酷い母親だろう！」と憤慨し、育児放棄された孫を哀れに思った祖母だったが、今となっては嫁を責めることはできそうにもない。

なぜなら、いくら可哀想に思い、情愛を感じたところで、邑を普通の子供のように育てるのは不可能だからだ。

「おばあちゃん、千歳さまとお話してくるから、邑はいい子で待ってるんだよ」

「うん」

こっくりと頷く頑是無い仕草。

そのいかにもあどけない様子に、社務所で出迎えてくれた若い巫女《みこ》姿の女性が、口許を綻ばせながら歩み寄ってきた。

「おばあちゃんが御用の間、お姉さんと遊んでようか？」

小さくて愛らしい、庇護欲を掻き立てられずにはいられないものに対して、人が無条件に向けてしまう柔和な眼差し。

何も知らずに邑を目にした大人たちは、大抵、この女性と同じ表情を浮かべてしまう。

それもそのはず、邑ほど愛くるしい子供は滅多にいない。

ぱっちりと大きな瞳。乳白色の肌に映える、天使の輪を冠した絹糸のような黒髪。ほんのりと色づきはじめたサクランボにも似て、ふっくらとまろやかな口許。

殊《こと》に、七五三の衣装を着けた今日の姿などは、本当にお人形さんかと見紛うばかりの可愛らしさだ。

ところが——。

「そのおじちゃん、悪い人だよ！」

「えっ…!?」

何の脈絡もなく、いきなり叫びだした邑に、その小さな手を取って顔を覗き込んでいた女性はギョッとした。

自分を見つめる、まるで瞳孔が開ききったかのように黒々とした大きな瞳。

女性を見据えたまま、邑は憑《つ》かれたように叫び続けた。

「おじちゃんの奥さんが怒ってる…！　お姉ちゃんの赤ちゃんを殺してやるって、大声で叫んでるよ…！」

「——っ！」

瞬間、女性は相手が小さな子供だということも忘れて、力いっぱい邑の華奢な軀を突き飛ばしていた。

「あ…あ…あたし…！」

畳に叩きつけられ、壊れた人形のように転がる邑の姿に、さすがに我に返って顔面蒼白となる女性。

それでも、すっかり恐怖に囚われた彼女には、邑を助け起こすどころか、その傍らに駆け寄ることすらできなかった。

「ご…ごめんな、さい…！」

唇を震わせながら、謝罪を口にするのが精一杯といった女性の様子に、祖母は図らずも確信を深めた。

『やはり、千歳さまにお縋りするしかないのだわ…！』

母親にさえ棄てられた不憫な孫を、またも人手に渡してもよいものだろうかという、心の奥底に最後までたゆたっていた罪悪感と迷いが、今、改めて目の前で起こった出来事によって掻き消されていく。

『この子のためだけじゃない…！　周りのためにも、邑には助けが必要なんだから…！』

肉親としての情だけでは、決して救えない悪夢のような現実。

事実、邑を引き取ってからというもの、祖母は日々、何の前触れもなく発作のように繰り返される、先程のような孫の豹変ぶりに、激しく心を悩ませてきた。

思わず相好を崩したくなるような、その愛くるしい容姿とは裏腹に、邑は常に周囲の人々に恐怖と混乱をもたらしてやまないのだ。

可愛い顔をして、質の悪い毒を吐く子供だ！——邑を指差して、最初にそう吐き捨てたのは、いったい誰だっただろうか。

しかし、人々は直に、そこにある真の恐怖に気がつくことになる。

なぜなら、邑の吐いた毒は、必ずや現実の凶事となって、情け容赦なく人々に襲いかかってきたからだ。

予言、或《ある》いは予知と呼ばれる能力——。

邑が好むと好まざるとにかかわらず、その無垢なる黒い瞳には、人々の未来がはっきりと見透せるのだ。

「邑、独りで待っていられるね？」

「うん」

もうすっかり慣れたもので、泣きだしもせず、自ら立ち上がった邑に、祖母は社務所の外で遊んでくるように促した。

それから無駄を承知で、「子供の戯言ですから」と、尚も恐れ戦《おのの》いたままでいる女性に取り成しの言葉をかけてやる。

とはいえ、邑がそう口にした以上、わざわざ確かめてみるまでもなく、この若い巫女姿の女性には、不倫関係にある無責任な男がいて、そう遠くない将来、彼女は激怒した男の妻から中絶を迫られる事態に陥るに違いない。

『困ったことだわ…』

これまでにも、怖いほど正確無比に、邑が言い当ててきた多くの不幸や惨事。

とはいえ、中には心温まるような平和なビジョンも、邑は数多く口にしていた。

ただ、残念ながら、人々の心に残るのは、決まって悲惨な出来事ばかりだ。

たとえば、近所の子供がプールで溺死する事故や、多くの死者を出すことになる繁華街でのビル火災。深夜の民家に突っ込んでくる居眠り運転のトラックなどなど——。

果ては、自分の父親が乗った車が崖から落ちるところまで見透した邑が、周囲の大人たちから恐怖され、忌み嫌われたのは言うまでもなかった。

それでも、次から次へと映し出されてくる未来の情景を、自らの意思で遮断することなど、幼い邑には不可能だった。

ましてや、生々しく見透した事実を、自らの胸の内に仕舞っておけるほど、邑に度量の広さがあろうはずもない。

そもそも、口を噤んだままでいたとしたら、捌け口を失った邑の心は破裂して、壊れてしまっていたに違いないのだ。

だが、年を追うごとに増してくる認識力とともに、見透した状況を描写する邑の言葉は巧みになっていく一方で、それを耳にした相手から、とんでもない憎悪に満ちた仕打ちを受ける危険性は、日々、高まってくるばかりだ。

この状態のまま、来年の春には小学校へ上がり、いよいよ社会との接点が増えていくのかと思えば、祖母には空恐ろしくて、とても邑の面倒を見ていく自信がなかった。

その心持ちは、正に、「こんな子はもう育てられない！」と、薄情にも邑を棄てていった嫁と同じ。

けれど、嫁の非道に倣おうにも、まさか孫を、どこかの家の軒先に棄ててくるわけにもいかない。

では、どうするべきなのか――。

散々に思い悩んだ末、祖母は遠い親戚筋に当たるという、この邑雲神社を頼ることにした。

詳細は不明ながらも、邑雲神社には千歳さまという霊力の強い巫女がいて、神託を受ける占いという形で、人々の未来を見透すのだと聞いたからだ。

『千歳さまなら、きっと…！』

奇《く》しくも、邑の名前は邑雲神社の一文字を頂いている。

遠いとはいえ、親戚筋なら血筋もどこかで繋がっているはずで、千歳さまには邑と同じような能力が備わっているのかもしれない。

もしそうなら、必ずや千歳さまは邑の手本となって、その将来を正しい方向に導いてくれるはずだと信じたい。

「千歳さまに、どうぞお取り次ぎください…！」

ほとんど祈るような気持ちで、祖母は最後の頼みの綱に縋ろうとしていた。


一方、祖母に促されるまま、騒ぎを起こした社務所を後にした邑は、境内の片隅で小さくなっていた。

『どうしよう…』

伏せた目線を足元の玉砂利から上げられないのは、独り放り出されて途方に暮れているからではない。

未来を見透せてしまう厄介な力のせいで、周囲とのトラブルが絶えない邑にとって、独りでいるのは、むしろ安心していられる状態なのだ。

だから、そういう意味においては、祖母に連れられてきたこの邑雲神社は、なかなか好ましい場所のように思えた。

まだうっすらと靄のかかった中を、祖母に手を引かれ、何百段と続く長い石段を上りきった先に姿を現した朱い鳥居――。

ここはまだ、表参道から楼門を潜ってすぐの拝殿前だけれど、それでも澄みきった朝の空気に包まれた境内の様子は、実に厳《おごそ》かで清浄そのものだった。

それなのに、あれから僅か数時間で、辺りはすっかり様相を変えてしまっていた。

時節柄、七五三のお祓いに神社を訪れた家族連れのせいだ。

境内に充満する、華やいで騒々しい人々の気配。

ビデオカメラに向かってはしゃいでいる子供たちと同じように綺麗な七五三の晴れ着を身に着けていても、ここでは邑だけが異質な存在だ。

『やだな…』

堪らない居心地の悪さもさることながら、うっかり顔を上げて、誰かと目が合ってしまわないかと、邑にはそちらの方が心配だった。

そんなことになれば、否応もなく邑の瞳には、相手の未来が映し出されてしまう。

いくら慣れっこのこととはいえ、恐れをなした見知らぬ誰かに突き飛ばされるなんて、日に一度もあればたくさんではないか。

『痛い…』

畳に叩きつけられた時にできた擦り傷のせいで、ヒリヒリと痛む手の甲や肘。

それでも、畳がクッションになってくれたおかげで、この程度の怪我で済んだのだ。

邑はそっと歩きだした。

黙って社務所から遠く離れれば、祖母を心配させるかもしれないという考えが頭を過ぎったけれど、ここで再び騒ぎを起こす方が、よほど心労になると思いなおした。

樹齢千二百年を超えるという御神木《ごしんぼく》の松の大木の後ろを通って、いくつもの摂社や末社、祠《ほこら》などが並ぶ裏参道へ――。

履き慣れない草履《ぞうり》のせいで、何度も玉砂利に小さな足を取られながら、邑は神社の裏手に広がる鎮守《ちんじゅ》の杜《もり》に向かった。

一年中、鬱蒼と生い茂る常緑樹の暗い杜で、好き好んで家族写真を撮る者などいないだろうと思ったからだ。

ところが、その少し手前で、邑は実にお誂え向きの静かな場所を発見した。

『――龍…泉…池…？』

就学前の邑には、まだ読めない立札の漢字。

そこは周囲をぐるりと桜の木に囲まれた、かなりの大きさがありそうな池だった。

春には、さぞや大勢の花見客で賑わうのだろうが、今はすっかり葉を落とした枯れ木を見に来る者はおらず、周囲はひっそりと静まり返っている。

何やら恐ろしげな暗い杜へ行くより、ここはずっとよさそうだ。

『お魚とか、いるのかな…？』

子供らしい興味を引かれて、邑は水際から身を乗り出して池の中を覗き込んだ。

抜けるように高い秋の空を映して、鏡面のように冴え渡った静かな水の面。

澄みきって透明な水を湛えた様子は、池というより、泉と呼ぶに相応しい清らかさだ。

けれど、じっと瞳を凝らしてみても、水の中には鯉や金魚の姿はもちろん、動くものは何も見つけられなかった。

代わりに、邑が目にしたものは、水鏡に映し出された自分自身の姿だ。

真っすぐこちらを見つめ返してくる黒い瞳——。

こんな風に誰かと見つめ合えば、嫌でも脳裏に溢れてきて止められない未来の図が、今は何一つとして見えてこない。

そこにあるのは、ただ不安そうに揺らいでいる黒い眼差しだけだ。

「変なの…」

呟いて、邑は小さくため息を吐いた。

それが能力者の常なのか、他人の未来は厭きるほど見透せるというのに、自分自身のことなると、邑には一寸先の状況すら読めないのだった。

もっとも、独りで去っていく祖母の後ろ姿は、既に予見していたから、邑がこの邑雲神社に取り残されることだけは確かなのだろう。

父親が、邑が見透したとおりに事故死した後、ついに我慢の限界を超えた母親に棄てられて一年あまり――。

激しく困惑しながらも、必死に庇おうとしてくれた祖母にまで、とうとう見放されてしまうのかと思うと、邑の小さな胸は不安に揺れた。

ましてや、この邑雲神社がどういうところなのかさえ、邑にはわからないのだ。

『どうして…!』

不意に、熱いものが込み上げてきて、水鏡を見つめた邑の視界がぼやけた。

突き飛ばされ、叩きつけられた肩や、擦り剝いた手や肘よりも、胸の奥がキリキリと痛んで堪らない。

好きでこんな風に生まれついたわけではないのに、どうして自分だけがこんな目に遭わなくてはならないのか、幼いながらも、その理不尽さに怒りと哀しみが込み上げてくる。

誰もが邑を恐れ、災いをもたらす疫病神のように忌み嫌うけれど、自分の意思とは関係なく、悲惨な出来事をまざまざと見透してしまう邑の恐怖や苦しみを、思いやって慰めてくれる者などいない。

親に棄てられ、祖母にも置き去りにされることになる邑には、一緒に遊んでくれる友達の一人さえできたことがないのだ。

「うっ……えっ、えっ……」

止められない嗚咽。

ポタポタと零れ落ちる涙の雫で、水面にはいくつもの小さな波紋が広がった。

そのせいで掻き消されてしまった映し絵のように、邑自身も消えてなくなってしまえたら、どんなにいいだろうか。

『もう、いやだ……！』

水鏡を壊した波紋が消え、再び自分の姿が映し出される前に、邑は池の中に飛び込んでしまいたい衝動に駆られた。

ところが――。

「なぜ泣いているのだ？」

「……っ!?」

誰もいない池の畔に、突如として響いた涼やかな男の声音。

空耳と呼ぶには、あまりにも明確なその問いかけに、邑は驚いて辺りを見渡した。

それでも、周囲にあるのは桜の枯れ木ばかりで、声の主どころか、枯れ枝に小鳥の姿さえ認められない。

『やっぱり…空耳…？』

半信半疑のまま、邑は池に視線を戻した。

水面から、ゆっくりと消えていく波紋。

池に飛び込むきっかけを失ってしまった邑は、再び自分の姿がそこに映し出されるのを、ただ力なく眺めていた。

しかし、次の瞬間、今度こそ本当の驚異が邑を襲った。

『あ…っ！』

声にならない驚愕の叫び。

見えないものが見えることに慣れているはずの邑にも、すぐには自分の視覚が信じられなかった。

それもそのはず、透き通るような静けさを取り戻した水鏡に映っていたのは、泣き濡れた邑の白い顔ではなく、今を盛りと満開に咲き誇る、それは見事な桜の景色だったからだ。

しかも、淡い花の色に煙る樹上には、この世のものとは思われないほど美しい魔性のものの姿があった。

単《ひとえ》に指貫《さしぬき》を着けた上に、艶やかな襲《かさね》の色目で幾重にも着重ねた袿《うちき》を羽織り、手には六色の絹紐を結んだ雅な檜扇《ひおうぎ》。

ゆったりと樹上に身を預けた肩口からは、恐ろしく長い白銀色の髪が滝のように流れ落ち、翡翠《ひすい》の色を帯びて煌く不可思議な銀灰色の瞳が、覗き込む邑の姿をじっと見つめ返している。

人ならざるものならではの、妖しいまでに美しくも凄艶なその姿。

『妖怪…？　ああ、でも、何て綺麗なんだろう…！』

異界のものを恐れることすら忘れて、邑は食い入るように魔物を見つめた。

透き通るように白い真珠色の肌。秀でた額に刻まれた、剣の形にも似た緋色の印。鮮やかな翠緑《すいりょく》色の玉の耳飾りを着けた、魔物らしく尖って大きな耳。檜扇を持つ長い指には、魔女のように長く鋭い爪がついている。

永遠にも思える忘我の刻《とき》――。

そして、邑は唐突に悟った。

そう、これほどまでにすべてを凝視していながら、邑は何一つ見透していない。

その黒い瞳が映し出しているのは、ただそこに在る、妖艶で魅惑的な生き物の姿だけだ。

『ああ…！』

瞬間、これまでに経験したことのない深い歓喜が、邑の心を覆い尽くした。

何の恐れも心配もなく、普通に誰かと向き合える歓び。

たとえ、その相手が人外のものであろうと構わない。

この機会を逃したら、邑は永遠に、誰とも心を許して交われないかもしれないのだ。

「あ、あなたは誰なの……！」

邑は縋る思いで身を乗り出した。

今にも風が吹いて水面が乱れれば、この千載一遇のチャンスを逸してしまう。

「お願い……！　答えて……！」

必死の形相で問いかける邑に、魔物がその薄い唇の端に微かな笑みを浮かべた。

「おや、あの童《わらべ》には、どうやら我の姿が見えているらしいぞ」

魔物は手にした檜扇の先で邑を指し示すと、木の下を見遣った。

銀灰色の視線の先には、振り分け髪を角髪《つのがみ》に結った、邑より少し年上に見える可愛らしい童子《どうじ》が二人。

恭しく木の下に控えていた二人は、まるで双子のようにピッタリと声を合わせて答えた。

「はい、主《あるじ》さま！　そのようでございます」

この有り様に、邑がますます瞳を輝かせたのは言うまでもない。

なぜなら、妖しげな魔物ばかりか、自分と年頃も近そうな二人についても、邑は何も見透すことができなかったからだ。

「ねぇ、その子たちは…！」

逸る気持ちを抑えきれずに、邑は我を忘れて水面に手を伸ばした。

その途端、水際でギリギリまで身を乗り出していた邑の小さな軀は、思い切りバランスを崩してしまった。

『あっ…！』

しまったと思う間もなく、池の中へと真っ逆さま。

そんなに深さがあるはずはないのに、仄暗い水の中を、邑の軀はどこまでも深く沈んでいく。

刺すように冷たい水に、痺れて感覚を失くしていく手足。

『く、苦しい…っ！』

いよいよ息が続かなくなって、邑は漠然と自分の死を覚悟した。

『も…ダ、メ…』

薄れていく意識。

ところが、これで最期だと諦めかけた瞬間、突如として、邑はすべての闇と苦痛から解放された。

「これはまた、ずいぶんと元気のよい童だ」

笑みを含んで響く、甘く優しい声音。

暗く冷たい水底へと沈んだはずの邑の軀は、気がつけば、温かく力強い魔物の腕の中にすっぽりと抱きかかえられていた。

『あ…いい匂い…』

鼻先を押しつけた魔物の装束から匂い立つ、芳しく焚き染められた香の香り。

限りない安らぎに包まれて、邑はうっとりと顔を上げた。

そこは水鏡に映し出されていたとおりの、辺り一面を花霞に覆われた幽玄の世界。

淡い色をした桜の花びらが、儚くも幻想的に、はらはらと舞い散っている。

そして、腕に抱いた邑を、じっと見据えている異界に棲むものの不可思議な眼差し。

『ああ…！』

その翡翠の色を帯びた銀灰色の瞳に、魂まで魅入られる一瞬——。

邑は激しく、この魔物を欲した。

これまで誰にも感じたことのない、切ないまでの慕わしさと渇望。

駆り立てられる思いのままに、邑は夢中で魔物の首にむしゃぶりついた。

「お願い…！　僕を連れて行って…！」

黒い瞳を濡らして、溢れ出す涙。

言葉にならない感情を告げようとする、幼い邑にはそれが精一杯の吐露だった。

それなのに、邑を腕に抱いた魔物の返事は、ひどくつれないものでしかなかった。

「それはできぬ。現《うつ》し世《よ》の子を、生きたまま《天《あま》つ国《こく》》へは連れて行けぬのだ」

けれど、素っ気無く一蹴されたくらいで、邑に諦める気などなかった。

この魔物にも見捨てられてしまったら、生きていても、邑は永遠に独りぼっちなのだ。

「それなら、僕を食べて…！」

「何だと…!?」

「だって妖怪は、子供を攫《さら》って食べるんでしょう…？」

その途端、魔物は銀灰色の瞳を大きく見開き、それから、声を上げて笑いだした。

「何と可笑《おか》しなことを言う童だ！」

「…？」

訳がわからず、邑は小首を傾げた。

目の前にいる美しい魔物のことを、恐ろしいとは少しも思わなかったけれど、鬼や妖怪が人間の子供を攫って食べるというのは、絵本にもよく出てくる物語の定番ではないか。

「僕は…美味しくなさそう…？」

不安に揺れる眼差しで、邑は魔物を見上げた。

そんな邑に、閉じた檜扇の先で口許を隠し、必死に笑いを堪えようとする魔物。

「いやいや、其方《そなた》はなかなか美味そうだ」

「それじゃあ…！」

「だが、我は子供は喰わぬ」

「そ、そうなの…？」

瞳に失望の色を浮かべて、邑は口籠もった。

他にどうすればよいのか、邑には見当もつかない。

『子供同士なら、子供を食べるのかな…？』

助け舟を出してもらえないかと、邑は木の下にいる二人の童子に視線を送った。

もっとも、邑の考えは、二人の憤慨を買ってしまった。

「阿比《あび》も、子供は喰いませぬ！」

「伊那《いな》も、子供は喰いませぬ！」

どうやら、阿比と伊那という名前らしい二人が、揃って頬っぺたを膨らませる姿に、邑はますます困ってしまった。

「どうしたら、僕を食べてくれるの？」

いつの間にやら、「連れて行って欲しい！」が、「食べて欲しい！」に変わっていることに、邑自身、気がついていない。

その幼さゆえの可愛らしい思い違いに、魔物は笑みを浮かべた。

「そんなに我に喰ろうて欲しいか？」

「うん！」

「では、其方が大きくなったら、喰らいに行ってやろう」

「本当？　僕を迎えに来てくれるの？」

「その時まで、其方が我のことを忘れず、再び結界を破ることができたらな」

「結界…を、破る…？」

耳慣れない言葉に、邑は黒い瞳を瞬かせた。

よくわからないけれど、それができなければ、魔物は邑を迎えに来てくれないらしい。

「え、えっと…？」

困惑する邑に、魔物が説明してくれた。

「我は《天つ国》に棲まうもの。其方の生きる現し世との間には結界があって、普通、行き来はできないのだ」

「でも、今は…?」

「今だけは特別だ。其方の零す涙が、我の袖を濡らしたのだ。それに、其方はまだ七つではあるまい? 《七歳までは神のうち》というからな」

そう言って、魔物はその長い指で、邑の髪を優しく撫でてくれた。

もっとも、直に七歳の誕生日を迎える邑にとっては、不安が募る情報ばかりだ。

今が特別な状況だというのなら、将来、邑はどうやって再び魔物と会うことができるのだろうか。

しかし、不安を訴える邑に、魔物は笑みを浮かべて首を振った。

「心配はいらぬ。其方が本当に我を忘れず、我に喰われたいと願い続けるなら、結界は必ず破られる。時を待つのだ」

「で、でも…!」

「では、可愛い其方に、一つ手掛かりをやろう」

魔物は檜扇を広げると、邑の耳元にそっと囁きかけた。

「剣《つるぎ》を抜くのだ」

「剣を…抜く…?」

「そうだ、龍邑雲剣《りゅうのむらくものつるぎ》をな——」

瞬間、魔物の冷たい唇が、邑の小さな唇に重ねられた。

『…っ!?』

ふぅっと、胸いっぱいに吹き込まれてきた魔物の息。

その途端、邑の軀は、風に巻き上げられる桜の花びらのように、天高く舞い上がった。

眼下に、どんどん小さくなっていく美しい魔物の姿。

「いや…っ！」

続けて呼ぼうとして、邑は魔物の名前を知らないことに気がついた。

「名前は…？　名前を教えて…っ！」

声を限りに、邑は叫んだ。

「――我の名は須佐王《すさのお》。忘れずにいるのだぞ…」

遠くから聞こえてくる魔物の声。

『須佐王…須…佐、王…』

徐々に暗くなっていく意識の中で、邑は教えられた魔物の名前だけを繰り返していた。

＊　＊　＊

気がついたのは、四日目の朝――。

鎮守の杜に程近い、あの龍泉池に浮かんでいるのを発見された邑は、三日三晩、高熱を出して寝込んでいたのだ。

いや、そもそも幼い邑が、十一月半ばの池の水に何時間も浸かっていて、死なずに済んだこと自体、奇跡としか言いようがない。

誰も知らないことだが、須佐王が最後に唇から息を吹き込んでくれなかったら、邑は冷たい池の中で溺死していたに違いないのだ。

「――須佐王…っ！」

突如として浮上した意識。

自分でも驚くほど大きな叫び声を上げて、邑は寝かされていた夜具の上に飛び起きた。

まだ少し朦朧《もうろう》とする頭の芯。

それでも、邑は必死に須佐王の姿を追い求めた。

しかし、次第にはっきりしてきた邑の視界が捉えたものは、あの麗しくも妖しい魔物の姿ではなかった。

「気がついたかえ?」

「…っ!?」

邑はギョッとした。

顔中に深く刻み込まれた皺。嗄れた独特の声。曲がった背中。

目の前にいる白髪の老女は、どう見ても百歳を超えていそうな、お伽話に出てくる魔女のように見えたからだ。

明らかに異界のものであった須佐王よりも、ある意味、ずっと恐ろしげで不気味にも思える老婆の姿。

「だ、誰…!?」

すっかり怯えきった声を上げた邑に、老婆が笑みを浮かべた。

「わしは、この邑雲神社で神職を務める千歳じゃ」

「千歳…さ、ま…?」

一瞬にして、蘇ってくる記憶。

そうだ、邑は祖母に手を引かれ、強い霊力を持つという千歳さまの助けを頼んで、遠く邑雲神社までやって来たのだった。

「お、おばあちゃんは…?」

けれど、いくら捜してみたところで、そこに祖母の姿を見つけることはできなかった。

既に見透していたとおり、邑は置き去りにされてしまった後なのだろう。

『ああ…おばあちゃんは行っちゃったんだ…』

すべてを悟ったように、夜具の上でおとなしくなった邑の様子を見て取って、千歳は改めて問いかけた。

「こうなることは、もうわかっていたね?」

「うん…前に見えたから…」

短く答えた邑に、千歳は満足げに頷いた。

もう長い間、千歳は自分の跡を継がせることができる、神託を受ける巫女としての力を備えた者を探し続けていた。

実のところ、祖母だという女性から話を聞いただけでは、邑の能力について、半信半疑でいた千歳だったが、こうして意識を取り戻した邑を目の当たりにすれば、自分が探していた以上の力を持つ者だとわかる。

ましてや、邑は目覚めるや否や、「須佐王!」と叫んだのだ。

『この子は、須佐王に選ばれた者かもしれない…!』

千歳の胸は躍った。

二千年もの長きに亘って、この邑雲神社に御神体として伝わる龍邑雲剣。

その剣には、古《いにしえ》の神である《須佐王》が宿っているのだと言い伝えられている。

だが、剣の存在は、一般には密事とされ、神殿の奥深くに封印された厨子《ずし》の中に、今も人知れず祀《まつ》られている。

封印が解かれ、龍邑雲剣が厨子から出されるのは、唯一、神職が代替わりする儀式の時だけだ。

つまり、神職を務める千歳自身、八十年も昔に一度だけ目にしたきりで、その存在はおろか、須佐王の言い伝えについても、久しく思い出すことすらなかった。

それが、引き取ったばかりの六歳の子供の口から、《須佐王》の名を耳にするとは、只事であろうはずもない。

「お前、さっきは《須佐王》と言ったね？　その名前、どこで聞いた？」

しかし、そう尋ねた千歳は、すぐに震撼させられることとなった。

なぜなら、邑が須佐王に会ったと答えたからだ。

その上、夜具を蹴って立ち上がった邑は、更に千歳を驚かせた。

「龍邑雲剣はどこ…！」

「えっ…!?」

「須佐王が言ってた…！　時が来たら、僕、龍邑雲剣を抜かなくちゃならないんだ…！」

「――っ…！」

死ぬほど驚嘆しながらも、この時、千歳は確信した。

確かに、この六歳の子供は、須佐王に会ったに違いない。

それというのも、御神体である龍邑雲剣は、代々の神職だけに伝えられてきた密事であるばかりでなく、これまで誰の手によっても抜かれたことがないままに、大切に祀られてきた神器なのだ。

須佐王に選ばれた者が現れるまで、決して抜かれることのない剣――。

言い伝えによると、遥か昔、秘密裏に招かれた当代一の刀鍛冶《かじ》が、龍邑雲剣を鍛えなおそうと鞘に触れた途端、雷に打たれて命を落としたのだという。

もちろん、それは神器に纏《まつ》わる伝説の一つに過ぎないのだろうが、神社の記録に残る限り、実際に龍邑雲剣を抜いた者がいたという記述がないのも事実だ。

それを、時が来れば、この六歳の子供が抜くというのだろうか。

『――須佐王に…選ばれた子供…！』

図らずも手に入れた、自分の力を遥かに上回る後継者に、千歳は震えるほどの興奮を覚えていた。

＊　＊　＊

あれから、六年の歳月が流れた――。

だが、邑が毎日のように訪れている龍泉池の水面は、以前と少しも変わらない静けさに包まれている。

そして、池の畔からの呼びかけに、あれ以来、返事があったことは一度もない。

「須佐王…」

今日も虚しく覗き込んだ水面に、邑はため息を漏らした。

この六年で変わったことといえば、水鏡に映る邑の姿だけだ。

「もう、子供じゃないのに…」

少し不服そうに呟く邑は、直に十三歳の誕生日を迎えようとしている。

幼児の頃から比べれば、背丈もぐんと伸び、人目を引かずにはおかない花の顔《かんばせ》は、ますます匂い立つような美々しさを増すばかり。

邑雲神社に引き取られて以来、伸ばし続けている黒髪は、今では背中を覆うほど豊かになり、普段の邑は、頭の高い位置に結い上げた髻《もとどり》に、紅い組紐を結んでいる。

普段着に着物を着せられているせいもあってか、知らない人が見れば、邑は伝統芸能の家に生まれた子弟に思われることも少なくない。

しかし、平素の邑は、地元の学校に通う、普通の中学生だ。

身に備わった不思議な能力ゆえに、小学校へ上がるのすら危ぶまれていた昔を思えば、今日、邑が一般の生徒たちと一緒に学校生活を送れるようになっているのは、実に奇跡的な出来事だといえよう。

もちろん、そのすべては師となって邑を導いてくれた千歳のお陰であり、邑雲神社の庇護があってこそのことだ。

実際、力の差こそあれ、邑と同じく人の未来を見透す能力を備えた千歳は、この世の誰よりも頼りになる導き手だった。

それに、同じ能力者同士では、互いに相手の未来を見透せないことも、千歳のもとで修練を積まねばならない邑には幸いした。

須佐王と、その従者である阿比と伊那以外では、邑が初めて出会うことができた、その未来を見透せない存在。

置き去りにされるのを、恨めしく思ったこともあったけれど、この邑雲神社に邑の将来を委ねた祖母の判断は、結果として正しかったというわけだ。

「——いいかい、邑、心に鍵をかけるんだよ」

千歳の監督下に置かれた邑が、まず教え込まれたのは、自分の意思で能力をコントロールする方法。

その習得には大変な努力が必要だったが、千歳の言うとおり、自分の心に鍵をかけることができるようになると、邑はどんな人混みにいても、誰の未来も見透さず、平静でいられるようになった。

曲がりなりにも、邑が地元の中学に通っていられるのは、自由自在に心に鍵をかける術をマスターしたからである。

お陰で、邑には小暮幸弘《こぐれゆきひろ》という、待望の友達もできた。

かつては夢にまで見た、平凡で安穏な日常生活。

あれっきり、別れた祖母には会っていないけれど、現在の邑の状況を知れば、さぞかし安堵して喜ぶに違いない。

しかし、どんなに恵まれた生活を送っていようとも、邑があの日を忘れたことは、一日たりともない。

そう、満開に咲き誇る桜の花びらが妖しく舞い散る幽玄の世界で、須佐王と初めて出会ったあの日の出来事を――。

『須佐王…！　いつになったら、僕を迎えに来てくれるの…？』

時が来ればと、須佐王は言った。

だが、それはいったい、いつのことなのだろうか。

おまけに、その時が来たら、邑が抜かなくてはならないという龍邑雲剣も、どこにあるものやら、今以て所在がわからない。

いくら尋ねても、千歳は教えてくれないし、様々な資料やインターネットで調べてみても、それらしい記述には行き当たらないのだ。

『もしかしたら、剣の名前が違うのかもしれない…！』

思い立った邑は、神社の宝物殿に忍び込み、奉納されている太刀や刀剣の類を、その銘に関係なく、片っ端から抜いてみたこともあった。

けれど、結果はもちろん、骨折り損のくたびれ儲けで、宝物殿を荒らした邑は、千歳からこっ酷く灸を据えられることになった。

やはり、邑が抜くべき龍邑雲剣は、どこか別のところにあるのだ。

『須佐王…』

こうして、独り龍泉池を訪れる度に、募る切なさと、恨めしさが複雑に入り交じるばかりの胸の内。

あの翡翠の色を帯びた、不可思議な銀灰色の瞳が恋しくて堪らない。

『須佐王…！』

しかし、いくら胸を焦がしたところで、結局、邑にはその時が来るのを待つことしかできない。

「また明日、来るからね！」

悔し紛れに、龍泉池に向かって宣言すると、邑は踵を返した。

今日は月に一度、来訪者の予定がある日曜日——。

刻限までに、邑は仕度を整えておかなくてはならないのだ。


「邑、仕度はできたかい？」

「はい、千歳さま」

答えて、邑は控えの間から出ると、拝殿から続く渡殿《わたどの》を通って、その奥にある神殿へと向かった。

白い小袖に襠《まち》のついた緋袴《ひばかま》。上から紅梅下襲《こうばいしたがさね》を着けた千早《ちはや》を纏い、長い黒髪を結い上げた頭には、白梅の花飾りのついた前天冠《まえてんがん》。

薄く白粉を塗った上に、紅をさした唇と目元が、仄かに艶めいて美しい。

「入ります」

神楽鈴が鳴り響く中、いつもどおりの巫女装束に身を包んだ邑は、神殿奥の御簾《みす》の内側に座った。

そう、男児でありながら、邑は千歳の跡を継ぐべく、ご神託を受けて占いを執り行う、邑雲神社の巫女としての役割を担わされているのだった。

そして、今日も御簾の向こう側に透けて見える、畏まってご神託が下りるのを待っている初老の男の姿。

男が名の知れた財界人であることを、邑は知らない。

それでも、ご神託など仰がずとも、心にかけた鍵を外せば、目の前にいる男の未来を見透すことなど、邑には何の造作もないことだ。

但し、すべてを語ることは許されていない。

邑が伝えるべきは、男が知りたいと願い出ている物事に関するのみだ。

「その契約をしてはいけません。目先の利益は上がっても、三年後には株価が暴落して、あなたの会社に致命的な損失を与えます——」

邑の言葉に平伏し、恭しく捧げ持った三方《さんぼう》を差し出す男。

紫色の掛袱紗《かけぶくさ》の下には、帯封がついたままの札束がいくつも積まれている。

二千年の長きに亘り、連綿と続く邑雲神社の、これが、決して表には出ることのない裏の顔――。

一族には、昔から霊力を持つ者が多く生まれ、その中で最も強い力に恵まれた者が、代々の神職として邑雲神社を受け継いできた。

選び出された多くは女子であり、神託を下ろす憑坐《よりまし》の巫女として、その時々の権力者に指針を与え、その見返りとして、多くの富と庇護を得てきたのだった。

何といっても、百発必中の霊験あらたかなるご神託。

地方の片田舎の村にあって、氏子《うじこ》の数も少ない邑雲神社が、それでも今日に至るまで近隣の山々を所有し続け、朱塗りの大鳥居を持つ立派な神明造りの社《やしろ》を構えていられるのは、偏《ひとえ》に、この絶対的な占いの力があったからだ。

だが、近世となってからは、能力者自体が一族にほとんど生まれなくなっていた。

現在の神職を八十年ほど前に継いだ千歳が、事実上、最後の巫女と言っても過言ではないほどだ。

その千歳が高齢となってからは、神社の存続を危ぶむ一族の者たちが、次の巫女となれる能力者を、邑雲の血筋に関係なく、広く世間に探したのは言うまでもない。

何しろ、邑雲神社の巫女が執り行う占いは、寄進という形で、一族に莫大な利益をもたらす。

とはいえ、世の中には詐欺師紛いのニセ霊能者も多く、肝心の能力に疑わしい点があっては、却って邑雲の名前に傷がついてしまうということで、千歳の後継者は長く不在のままだった。

そんな中、自ら邑雲神社の庇護を求めてやって来た邑は、願ってもない逸材だったというわけだ。

男児というのは、いかにも残念だったけれど、邑の美しく愛らしい容姿は、巫女装束を着けると一段と水際立ち、仄暗い神殿の御簾の内側に座れば、その神秘的な雰囲気に、誰もが息を呑まずにはいられない。

そもそも、見目麗しい稚児《ちご》は、神事には欠かせない存在であり、邑の醸し出す少年特有の色香は、清浄でありながら妖しくもあり、人々が畏怖の念を感じる憑坐に相応しいカリスマ性に溢れている。

しかも、その霊力に至っては、千歳の比ではないほどに強いときては、邑雲神社がもたらす莫大な富に群がる一族の者たちが、総じて胸を撫で下ろしたのにも頷ける。

もっとも、そうした欲得ずくの大人たちの思惑など、邑には関係のないことだ。

形の上では千歳の養子となっていることだし、何れ《いず》は神職を継ぐ日が来るのかもしれないが、そんな先の話は、十二歳の子供には実感が湧かない。

ましてや、邑は一日千秋の思いで、須佐王が迎えに来てくれる日を待ち侘びているのだ。

そんな調子だから、月に一度執り行う、こうした巫女としての責務についても、取り分け深く考えたこともなく、恩のある千歳に従っているだけだ。

ただ、中学生にもなったことだし、言ってみれば、女装に当たる巫女装束については、そろそろ何とかしてもらえないものかと思っている今日この頃。

そうでなくとも、赤いリボンをつけたポニーテールみたいな髪型には、いい加減、抵抗を感じてしまう。

この髪型のせいで、学校で苛められるようなことはなかったけれど、女の子みたいだと囁き合っている級友たちの声は、邑の耳にも届いている。

しかしながら、本来なら校則違反に当たる邑の髪型に、学校側から一言もないのは、邑雲神社の財力を背景に、村の有力者に絶大な影響力を持つ千歳の要望があってのことで、邑が勝手に髪を切るなんて無理な相談だ。

普段から着せられている着物といい、多少の不便を感じることは様々あっても、心に鍵をかける方法を伝授してくれた千歳の言うことは、何しろ絶対なのだった。

そんな訳で、今日も無事、巫女としての務めを果たした邑は、装束を脱ぎ捨て、紅をさした顔を綺麗に洗い流した。

「はぁ、さっぱりした！」

化粧を落としても、変わらずに瑞々しく匂うような美童ぶり。

実際、色が白くて顔立ちの整った邑には、化粧の必要などないのだけれど、紅をさすという行為自体に、神事に通じる儀式性があるのだという。

しかし、洗った顔をゴシゴシ拭いてしまえば、少なくとも気持ちの上では、もうすっかり十二歳の男の子だ。

それに、学校の友達と遊びに行くときには、ジーンズにTシャツ姿が解禁になる。

「千歳さま！　小暮くんと遊んできていいでしょう！」

遊びに逸る邑は、千歳の返事も確かめず、元気に外へ飛び出して行こうとする。

一方、そんな邑を、何とか呼び戻そうと声を上げる千歳。

この由緒ある邑雲神社を継がせるために、千歳としては、邑に巫女としての務めの他にも、様々な儀礼や知識を身に付けさせたいのだ。

とはいえ、仔犬のように駆けていく、十二歳の子供の足は止められない。

「これ、邑…！　待たんか、こら…！」

「神社の勉強なら、また後でするから！」

返事もそこそこに、あっという間に小さくなっていく背中。

叱る千歳の声に、この頃めっきり力が失くなってきていることに、元気よく石段を駆け下りていく邑は、まだ気づいていない。

龍邑雲剣は、神殿の最奥に封印された厨子の中――。

邑雲神社の神職を受け継ぐ代替わりの時は、刻一刻と近づいていた。

＊　＊　＊

さて、こちらは須佐王の棲まう《天つ国》――。

寝殿造りの館の正面にある階隠間《はしがくしのま》で、須佐王は紫檀《したん》に螺鈿蒔絵《らでんまきえ》の装飾が施された脇息《きょうそく》に身を預け、従者の阿比と伊那が水を張った角盥《つのだらい》を運んでくるのを待っていた。

「阿比、伊那、まだか？」

「は～い、只今！」

可愛らしく重なり合う声。

揃いの狩衣《かりぎぬ》を、蘇芳《すおう》色と萌葱《もえぎ》色の色違いで着た阿比と伊那が、すぐに漆塗りの角盥を捧げ持ってやって来た。

角盥の中は、現し世の出来事を覗き見るための水鏡。

六年前、現し世に帰してしまった邑の成長ぶりを愛でるために、須佐王は阿比と伊那に言いつけて、毎日のように龍泉池の水を汲みに行かせているのだった。

「おお、今日もまた一段と愛らしい」

思わず漏れ出す嬉しげな声。

角盥の中に映し出された邑の姿に、須佐王は今日も満足げな笑みを浮かべた。

そんな主人の様子に、二人並んで濡れ縁に控えていた阿比と伊那も、得意げに報告を口にする。

「主さま、今日も邑は龍泉池に参っておりました」

「池の畔で、主さまの御名を呼んでおりました」

「そうか。それはご苦労だったな」

須佐王は阿比と伊那を手招いて、褒美代わりに菓子を与えた。

「明日もまた頼むぞ」

「ははあ！」

恭しく菓子を押し戴いた二人を下がらせると、須佐王は改めて水鏡を覗き込んだ。

本当に、毎日見ていても見飽きることのない愛らしさ。

いや、見飽きるどころか、昨日より今日、今日より明日と、邑を愛でる須佐王の想いは増していくばかりだ。

事実、健やかに美しく、日々、伸びやかに生い育っていく邑の姿は、眺めている須佐王の心に、えも言われぬ悦びをもたらしてくれている。

『愛しい童…』

須佐王はその長い指で、邑を映し出している角盥の縁を優しくなぞった。

幼子の頃にも、たいそう愛らしかったが、匂うような少年の姿となった今は、尚更に美々しく感じられてならない。

いつの間にやら、すっかり長く伸びた黒髪に、深紅の色をした珊瑚《さんご》に透かし彫りを施した簪《かんざし》を挿してやりたい。

或いは、螺鈿細工に真珠をあしらった櫛《くし》の方が、艶のある邑の髪には似合うだろうか。

『明日はどんな姿を見せてくれるのか…』

気がつけば、明日という日の訪れを、今から心待ちにしている自分自身の変化に、須佐王は苦笑を覚えた。

久しく忘れかけていた感情――。

年を取ることもなく、天つ国で永遠の時を生きる須佐王にとって、時間の感覚というものは、然《さ》して重要な意味を持たない。

それなのに、この六年というもの、須佐王は邑を通して、日々、時間の流れに感じ入り、何かを待ち遠しく思う心に振り回されている。

千年が一日のようであったはずが、いつの間に、一日を千秋の思いで過ごすようになっていたのか――。

だが、独り悦びと感慨に耽る須佐王の邪魔をする者が現れた。

突然の来訪者は、夜を司る美貌の神として名高い、月夜観《つくよみ》だった。

「また飽きもせず覗いているな？」

予期せぬ男の登場に、須佐王は僅かに眉を顰《ひそ》めた。

すらりと高い長身に映える、いかにも派手好みの月夜観らしい、艶やかな紋様を織り出した唐織物《からおりもの》の狩衣に烏帽子《えぼし》。

もっとも、その見事な黒髪は、須佐王と同じく結われてはおらず、流れ落ちる滝のように垂らされたままになっている。

月夜観とは、長い付き合いでもあり、親しく酒を酌み交わす仲ではあるが、今は邪魔されたくないというのが、須佐王の正直な気持ちだった。

何せ、暇を持て余したこの酔狂な伊達男は、何かと人を茶化して楽しむのが悪い癖なのだ。

「其方を呼んだ覚えはないぞ」

素っ気無い須佐王の言葉にも、案の定、月夜観は悪怯れもせず、取り合う様子も見せない。

それどころか、月夜観は勝手に几帳を押し退け、須佐王のいる階隠間に、自分の席を作ってしまった。

「こら、月夜観！」

「まぁ、そうつれないことを言うな。我らは兄弟のようなものではないか？」

「勝手なことを言うな！」

憤慨を覚えないではなかったけれど、実際、イザナギの禊祓《みそぎはらえ》から生まれたとされる、天照子《あまてらす》、月夜観、須佐王の三神は、特に三貴子と称されることも多い。

それに、来てしまったものを、今更、追い払おうとしたところで、月夜観が素直に退散するような男ではないことを、須佐王はよく知っていた。

「酒は出してやらぬぞ！」

不承不承、同席を認めてやった須佐王に、してやったりと笑みを浮かべる月夜観。

何しろ、こうなることは織り込み済みの月夜観は、既に阿比と伊那に言いつけて、酒の用意をさせていたからだ。

『では、余興に与《あずか》らせてもらうとするか』

月夜観は、早速、例の角盥の中を覗き込んだ。

そして――。

「ほぉ？　ずいぶん大きくなったではないか？」

月夜観は感嘆の声を上げた。

一方、不躾にも、横から邑の姿を盗み見た月夜観に、須佐王が眉間に寄せた皺を深くしたのは言うまでもない。

とはいえ、月夜観にしても、須佐王を冷やかしてやろうというのが、この訪問の主たる目的なだけに、その程度のことで怯んでやる気などさらさらない。

そもそも、まだほんの幼い頃に見初めたという、この邑雲神社の美童に、激しい嵐の神としても畏《おそ》れられる須佐王が、すっかりご執心だというのだから、おもしろがるなという方が無理な話なのだ。

「そろそろ、食べ頃ではないのか？」

「余計なお世話だ！」

からかいを真に受けて、月夜観の前から、ムキになって角盥を自分の方へ引き寄せる須佐王が可笑しい。

だが、たとえ相手が取るに足らない現し世の子供であろうと、須佐王が誰かに執着するのは悪いことではない。

なぜなら、この千年ほどというもの、須佐王は世捨て人のように、何者にも心を動かすことなく、ただ無為に独りの時を過ごしていたからだ。

但し、眺めているだけで満足とは、同じ男として、いかにもつまらないではないか。

「早く喰わねば、誰かに先を越されてしまうぞ？」

「黙らぬか、月夜観！」

不興も露わに、その銀灰色の瞳をギラリと光らせた須佐王に、月夜観は肩を竦めた。

もっとも、仮に須佐王が、今すぐあの美童を喰らいたいと欲したところで、現状、それは厄介な結界のせいで不可能だ。

『困ったことよの…』

月夜観は秘かなため息を漏らした。

その昔、人々が心に畏れを抱き、八百万《やおよろず》の神を信じていた頃には、現し世と天つ国とを隔てる境界線は曖昧で、両者の交わりも、今では考えられないほど深いものだった。

往時には、現し世の女が、天つ国に棲まう神の子を宿すことも、そう珍しいことではなかったほどだ。

それが、いつの頃からか、互いに往き来が難しくなり、今では何かの拍子に結界が綻んだ時にのみ、相見《まみ》えることが可能になる。

つまり、あの童が零した涙の雫を通じて、龍泉池から結界を潜り抜けて来たのは、実に奇跡的なことで、須佐王はその機会を逃すべきではなかったのだ。

『それなのに、わざわざ現し世へ帰してやるとは…』

須佐王は月夜観を指して、酔狂な男だと言うけれど、月夜観から言わせれば、須佐王ほど酔狂な男はいない。

欲しいなら、奪ってしまえばよかったものを、須佐王はこうして、再度の奇跡が起こる時を、楽しみに待とうというのだ。

確かに、現し世にはその昔、神々が残してきた、いくつかの鍵がある。

愚かな人間たちは、もうすっかりその存在を忘れてしまっているが、稀に、力ある者が鍵に触れると、天つ国へと続く扉が開かれる。

そして、件《くだん》の美童が暮らす邑雲神社には、須佐王が残してきた鍵である、龍邑雲剣が御神体として伝わっているのだった。

しかし、その可能性はあっても、あの子供が龍邑雲剣を抜いて、長く開かずの扉であったものを開く保証はどこにもない。

これを酔狂と呼ばずして、他に何と呼べばよいのだろうか。

我知らず、口許に甘い笑みさえ浮かべて、水鏡に映し出された美童の姿を愛でている須佐王に、月夜観は改めて呆れを感じずにはいられなかった。

「眺めてばかりいるうちに、匂うような美童が、白髪頭の翁《おきな》になっても知らぬぞ?」

「月夜観…!」

だが、ちょうどその時、仕度が整ったのか、阿比と伊那が酒肴《しゅこう》を載せた盆を奥から運んできた。

「おお、待ちかねたぞ」

目の前にいる相手の苛立ちなど、どこ吹く風といった顔で、早速、手にした杯に酒を注がせている月夜観に、今度は須佐王の方が呆れるしかなかった。

須佐王の可愛い従者である阿比と伊那を、月夜観が手懐けているのも業腹だ。

『まったく、腹の立つ男だ…!』

しかし、こういう時の月夜観に立腹しても、所詮は無駄でしかないことを、須佐王はよく知っていた。

それでも、一矢なりとも報いてやりたくなるのが、自然な流れというものだろう。

「そういえば、輝津馳《かぐつち》はどうしているのだ?」

おもむろに切り出した須佐王に、ほんの一瞬、杯を持つ手を止めた月夜観。輝津馳というのは、気紛れで好事家《こうずか》の月夜観が寵愛して久しいという、真っ赤な巻き毛のやんちゃな火の神の子供だ。

「こんなところで酒を飲んでいる暇があったら、輝津馳と過ごしてやればよいものを。あまり放っておいては、それこそ、誰かに攫われてしまうぞ？」

けれど、その杯を止めさせたのも束の間、すぐに須佐王は後悔させられることになった。なぜなら——。

「そんな心配には及ばぬ。輝津馳は館の寝所に転がしてきた。昨夜から可愛がりすぎて、今朝は腰が立たなくなっていたのでな」

「…っ！」

恥ずかしげもなく言ってのける鉄面皮ぶりに、絶句するしかない須佐王。

月夜観は笑いながら続けた。

「悪いが、俺は眺めているだけで満足できる男ではないのでな。可愛い声で、もう許してくれと啼くのを、更にいじめて可愛がるのが悦しいのだ」

「ほざけ…！」

堪らずに、須佐王も自分の杯を呷った。

輝津馳は天つ国の住人だから、軽々《けいけい》に比べることはできないけれど、少なくとも見た目は、邑と大差ない年頃に見える。

それを、腰が立たなくなるまで可愛がってやったと聞かされては、さすがに須佐王の胸の内にも騒めくものがある。

いや、それがわかっているからこそ、月夜観はわざわざ露骨な物言いをしてみせたのに違いない。

『なんと忌々しい…！』

手にした檜扇で、苛立ちを込めて脇息を叩くと、須佐王は阿比と伊那に命じて、角盥を下げさせた。

言うまでもなく、須佐王にも欲望はある。

日に日に美しく生い育っていく姿を、水鏡を通して眺めているだけでなく、その軀を腕に抱き竦めることができればと、思いを巡らせない日はない。

だが、龍泉池で泣いていた六歳の邑はあまりにも幼すぎたし、そうでなくとも、己の欲望のままに、可憐な花を手折ることには根強い抵抗感があった。

なぜなら、花は手折れば枯れてしまうのだ。

『邑…』

杯を満たす酒を見つめながら、僅かに揺れだす銀灰色の眼差し。

胸にしがみつき、連れて行ってくれと泣いていた幼い日の邑の姿が、今更ながらに思い出されてくる。

そう、須佐王を妖怪だと思い込み、食べてくれと駄々を捏ねた邑の姿を――。

『今もまだ、我に喰らわれたいと思っているか…？』

運命なら、きっと二度目の奇跡は起こり、邑は龍邑雲剣を抜くだろう。

けれど、その日はいつ訪れるのだろうか。

再び呷った杯の酒は、須佐王の舌に微かなほろ苦さを残したのだった。

＊　＊　＊

ひどく暑かった夏の終わり――。

それまでカクシャクとしていた千歳が、急に体調不良を訴えるようになったのは、朝夕にようやく涼しい風が吹きはじめた頃からだった。

最初のうちこそ、単に夏の疲れが出ただけだろうと思われていたが、ついには寝込むようになって、邑にも事の重大さがわかってきた。

千歳はいつ寿命が尽きてもおかしくない年なのだ。
やがて異変を聞きつけて、続々と集まってきては、何事か相談して帰っていくようにな
った、邑などは顔も知らない親族の面々。
そんな中、邑が千歳に呼び出されたのは、翌週には十三歳の誕生日を迎えようかという
日の出来事だった。
「――邑を…ここへ…」
深夜、もう寝ていたのを起こされた邑は、眠い目を擦りながら千歳の寝所へ向かった。
「千歳…さ、ま…？」
初対面の時から、既に百歳を超えているかのように見えた千歳は、揺らめく燈台《とうだい》の火に
照らされて、いよいよ年老いて見えた。
かさかさに乾ききった皮膚に、これ以上ないほど深く刻まれた皺の数々。
もともと背中の曲がった小柄な老女ではあったが、力なく寝床に横たわる姿は、すっか
り縮んでしまったようだ。
『あ…！』
瞬間、邑の黒い瞳に、旅立っていく千歳の姿がはっきりと映し出された。
これまで、決して見透すことができなかったはずの千歳の未来。

『千歳さまは…もう…！』

思わずたじろいだ邑に、寝床に横たわる千歳が口を開いた。

「見えたんだね、邑…」

「あ、あの…僕は…！」

「いいんだよ…ただ、時が来たということさ…」

千歳の言葉に、邑は目を瞠った。

『――時が…来た…!?』

手元に引き取り、ここまで導いてくれた人の最期を見透しながら、ひどく薄情で恩知らずなのはわかっていた。

それでも、「時が来た」と耳にした瞬間、邑の脳裏をいっぱいに満たしたのは、あの翡翠の色を帯びた、妖しくも懐かしい銀灰色の眼差しだった。

『須佐王…！』

胸に溢れてくる、堪らない恋しさと慕わしさ。

邑は小刻みに身を震わせた。

ついに再び、須佐王と会える日が訪れるのだ。

一方、迫り来る死期を目前に、邑を見つめる千歳の思いは複雑だった。

言うまでもなく、百歳を超えなんとする命が、今更、惜しいわけではない。

けれど、まだ十三歳になるかならずの邑を見ていると、後十年、いや、せめて後五年、命が永らえればと願わずにはいられなかった。

なぜなら、いかに占いを執り行う巫女としての霊力に優れ、邑雲神社を受け継ぐ者として相応しくとも、今の世の中では、十三歳の子供が神職となって神社を運営するのは不可能だからだ。

案の定、このところ忙しなく出入りを繰り返している一族の者たちは、邑の後見人となるべき次の神職の選定に動きだしている。

親族による後見といえば、いかにも聞こえはよいが、強い霊力を備えた打出の小槌である邑を、連中は食い物にしないとも限らない。

『どこまでも不憫な子だよ…』

しかし、現実問題として、千歳には邑を救ってやることはできない。

心配は尽きなくとも、死にゆく千歳にできるのは、邑に邑雲神社を継承する神事を執り行うことだけなのだ。

「――邑、お前に《龍邑雲剣》を授けよう」

「…っ!?」

衝撃に、大きく見開かれる黒い瞳。

所在もわからず、ずっと謎のままだった剣は、やはり、千歳が持っていたのだ。

『結界を破る、龍邑雲剣…！』

全身が粟立つような興奮が、千歳の枕元に侍《はべ》る邑を支配していた。

＊　＊　＊

密事である継承の儀式が行われたのは、邑が十三歳の誕生日を迎える深夜――。

龍泉池の水で禊をした邑は、真新しい巫女装束に身を包み、神殿の最奥へと進んだ。

厳かに闇を照らし出す燈台の灯り。

御幣《ごへい》が飾られた祭壇に向かい、千歳が最後の務めとなる、長い長い祝詞《のりと》を奏上する。

そして、驚くべきことが起こった。

千歳が祭壇の一箇所を操作すると、寄木で造られた仕掛けが軋んだ音を立てて動きだし、奥から黒塗りの古びた厨子が現れたのだ。

「こんなところに…！」

目を瞠るばかりの邑に、千歳が向き直って言った。

「この中に、邑雲神社の御神体である龍邑雲剣が祀ってある。この剣の存在は、神社を受け継ぐ者だけが知る密事じゃ。よくよく心して、必ず守っていくのだぞ」

「はい……！」

答えて、厨子の前へと進み出た邑に、千歳が大きく息を吐いてよろめいた。

ここまでで、八十有余年の長きに亘った千歳の役目も終わり。

後は、新たに邑雲神社を受け継いだ邑が、御神体である龍邑雲剣と、この神殿で一夜を過ごすことで神事は果たされる。

千歳の唯一の心残りは、これまで誰にも抜けなかった龍邑雲剣が、須佐王に選ばれた邑の手によって抜かれるところを、自分の目で確かめられないことだけだ。

『この世の名残に、剣の真の姿を見たかったものじゃ…』

だが、神事は人の目に曝されてはならない決まりだ。

『さらばだ、邑…』

すべての務めを終えた千歳は、沈黙を保ったまま、神殿を後にしたのだった。


それから、封印された厨子を開き、中から取り出した龍邑雲剣を見つめて、邑はどれほどの時間を過ごしたのだろうか――。

向き合って珠を銜《くく》む双龍の透かし彫りが施された柄頭を持つ、全長百二十センチほどの剣は、柄に早蕨《さわらび》紋《もん》と山形紋が打ち出され、黒漆《こくしつ》塗りに銀地で走獣・飛雲《ひうん》・唐花唐草《からはなからくさ》紋が描き出された上に、碧瑠璃《へきるり》・瑪瑙《めのう》・水晶を嵌め込んだ鞘に収められている。

刀身を隠して尚、これほどまでに力強く、魅入られそうに美しい剣の姿。

この鞘から抜き放てば、この剣はいったい、どれほどの神々しさを放つのだろうか。

『これが…龍邑雲剣…！』

心奪われていた時間は、瞬きをする一瞬の間のようにも思えたけれど、気がつけば、燈《とう》盞《さん》を満たしていた灯油は減り、やがて、燈心がジジジと微かな音を立てて、大きく炎を揺らがせた。

『須佐王…！』

時は満ちた。

両の腕にずっしりと重い古の剣を捧げ持ち、邑はその双龍を冠した柄に手をかけた。

これまで、誰も抜いたことがないという剣。

「く…っ！」

柄を握り締めた手に力を込めた瞬間、ピシリと音を立てて、世界は一直線に引き裂かれた。

ついに、破られた結界——。

空間を揺るがす雷鳴が轟き、現し世と天つ国、二つの世界を繋いだ裂け目から、吹き荒ぶ嵐のような風が吹き込んでくる。

「う、わぁ…！」

暗闇に閃く雷光。

邑が必死に握り締める龍邑雲剣の刀身には、荒ぶる龍の姿が浮かび上がっていた。

そして、その時は訪れた。

「——須佐王…っ！」

烈風に煽られ、大きく天空にうねる龍にも似て、逆巻く白銀の色をした長い髪。

透き通るような顕紋紗《けんもんしゃ》の唐衣《からころも》を頭上に掲げ持った須佐王が、今、正に邑の目の前に舞い降りた。

邑を見据える、あの翡翠の色を帯びた銀灰色の眼差し。

「愛しい童よ、約束どおり、其方を喰らいに来たぞ」

「あ…っ！」

強い腕に掻き抱かれ、彼方へと連れ去られる一瞬——。

芳しくも懐かしい香りに包まれた刹那、邑は気が遠くなっていった。


『ここは…どこ…？』

目覚めたのは、しゅるりと淫靡な音を立てて解かれた緋袴の帯のせい。

夢現のまま、邑はその黒い瞳を開けた。

上下左右の感覚も覚束ないそこは、どうやら先程までいた神殿の中ではないらしい。

『須…佐、王…？』

意識はあるのに、軀の芯が蕩けてしまったみたいに、ふわふわとして定まらない。

横たわる邑を支配しているのは、どこか愉悦にも似た、不思議な浮遊感だった。

「よい子だ、邑…」

耳元に響く、あやすように優しい須佐王の声。

そのまま、ゆっくりと素肌を弄られて、邑はあえかな吐息を漏らした。

「ん…」

えも言われぬ心地よさに、軀の中心にジンとした痺れが走っていく。

「あ、ぁん…」

思わず、もじもじと擦り合わされる膝頭。

だが、閉じ合わせた場所は、すぐに這わされてきた大きな手によって、再び開かされることとなった。

「閉じてはならぬ」

「あっ、あ…っ…」

滑り込んできた指が、無垢な果実を優しく捕らえ、小さな花芯に絡みつく。

「まだ幼姿のままだな?」

「や、ん…っ」

「蜜を吐くのも初めてか?」

からかいを含んだ甘い囁きに、思い出したように込み上げてくる恥ずかしさ。

それでも、花芯を捕らえられた指を動かされる度に、下腹にどうしようもない熱さが集まっていくのを止められない。

「あっ、あっ…ダメ…っ…」

「何が駄目なものか。見よ、蜜が溢れてきたぞ」

「ぁ…ん…っ」

経験したことのない衝動に、浮き上がる細い腰。

どこかへ飛んでいってしまいそうな感覚に、邑は必死に須佐王の胸にしがみついた。

「いや、いや…！　な、んか…出、ちゃ…う…っ…！」

巧みな指使いで揉みしだかれ、今にもはち切れそうなまでに育てられた幼い昂り。

淡い色をした包皮から僅かに露出した小さな割れ目を、爪先で引っ掻くように刺激されて、邑は堪らずに須佐王の指をしとどに濡らした。

「あっ…ぁ、ん…っ！」

生まれて初めての吐精。

弾け飛ぶ瞬間の、目も眩む快感に翻弄されて、邑には呼吸すらままならない。

「愛《う》いな」

乱れかかる黒髪。

露わに見える白い喉元。

しどけなくはだけた巫女装束の白い小袖の上で、薄い胸を忙しなく喘がせる邑の様子に、須佐王はその銀灰色の瞳を細めながら、自らの指を濡らした蜜に舌を這わせた。

「其方の蜜は、甘露の味がする」

「い、ぁ…っ…」

恥じ入って、身を捩ろうとする姿の可憐さに、須佐王は邑に対する愛おしさが、いっそう増していくのを感じた。

「邑、其方は我のものだ」

逃げようとする細腰を引き戻し、須佐王はその花のような唇に口づけた。

いきなり深く奪ってしまいたいのを堪えて、柔らかく唇を押し当て、あやすように吸っては、優しく離してやる。

「ん、ぁ…」

程なく漏れ出す、甘くあえかな喘ぎ声。

ふっくらと丸い下唇を舌先で舐め、真珠色の歯列を割って、須佐王は仔猫のように薄い邑の舌を絡めとった。

「ん、ん…っ…」

腕の中でたおやかに撓《しな》う、萌えだす若木の小枝にも似た細い軀。

舌を絡め、唇を吸いながら、もう一度、小さな花芯に指を這わせてやると、そこはすぐに息を吹き返し、新たに溢れ出した透明な蜜で濡れはじめた。

「はしたない童だ」

「や、ぁん…っ」

「この愛らしい果実には、あとどれほどの蜜が詰まっているのだ?」

手の中に邑を捕らえたまま、その柔らかな耳朶を食んで囁くと、須佐王は邑の華奢な首筋から胸元へと唇を滑らせた。

しっとりと吸いつく、染み一つない真っ白な艶肌。

淡く儚い色をした二粒の小さな胸飾りに優しく口づけてから、須佐王は更に下を目指して素肌の上を辿っていく。

平らかな白い腹。丸く愛らしい臍《へそ》の窪み。そして、まだ生え揃わずにいる、和毛《にこげ》にも似た淡い翳りへ――。

溢れ出した蜜を湛えながら、未だ幼い包皮に護られて震えている小さな花芯に、須佐王は笑みを漏らした。

「恥ずかしがらずに、もう少し顔を出さねばな?」

「い、ぁん…っ」

チュッと音を立てて、軽く吸い上げられた先端部分。

尖らされた舌先が、柔らかな包皮を捲って、可憐な鈴口を少し強引に露出させる。

「あっ、あっ…痛…っ…」

「よい子だ。すぐに悦くしてやる」

「あ、ぁん…っ!」

保護するものが失くなり、剝き出しになった割れ目に這わされる熱い舌先。

そのまま、口中深く呑み込まれた花芯を、チュプチュプと緩急をつけて吸われると、羞恥と快感のあまり、邑は頭がどうにかなってしまいそうだった。

「あっ、あっ…いや、いや…っ…！」

ねっとりと絡みついてきては、敏感な鈴口周辺を嬲《なぶ》っていく意地悪な舌の蠢《うごめ》き。

指で揉みしだかれた時とは比べものにならないほど熱くて激しい衝動が、今にも邑の下腹を突き破って迸り出てしまいそうだった。

「あっ、あっ…ダメぇ…っ…！」

切羽詰まった声を上げて、邑は必死に須佐王の白銀色の髪を摑んだ。

迫り来る恥ずかしい予感。

けれど、一際強く吸い上げられた瞬間、熟れきった邑の花芯は、堪える間もなくビクンと震えて弾け飛び、須佐王の舌にはしたなく蜜を放ってしまっていた。

「あっ、あぁああん…っ！」

「愛い子だ」

再度の吐精に、荒く乱れた息遣い。

未だ醒めやらぬ絶頂の余韻に、カクカクと小刻みに全身を震わせている邑の姿に、その甘露の蜜を嚥下した須佐王は、愛しさと欲望を深めた。

そして――。

「えっ…！　やっ…、何…っ!?」

突然、弄られた双丘の狭間。

驚き騒ぐのを押さえ込んで、須佐王は邑の後孔を探った。

「未通児《おぼこ》には、少し辛いか？」

「ひ、ん…っ…」

袿の袖に忍ばせてあった香油を指先に掬い取り、誰にも触れられたことのない蕾の入り口から、更にその奥へと塗り込んでやる。

「あ…や、ぁ…っ」

痛みこそないものの、ヌルリと奥へ押し入ってくる初めての異物感に、邑は堪らずに須佐王の胸にしがみついた。

「あっ…うっ、うぅ…っ…」

「よい子だ、邑、よい子だ」

あやしながらも繰り返される、入念な指の抽《ぬ》き挿し。

変化は突然に邑を襲った。

「や、やぁ…っ！」

自分でも何が起こったのか理解できないままに、邑は腰を震わせた。

須佐王の指を呑み込んだ奥が、ジュンと妖しく潤んできて、堪らなく切ないのだ。

「あ…ぁん…っ」

甘く色調を変えた邑の喘ぎに、須佐王は自らの指貫の帯を解いた。

「――邑、其方を喰らうぞ…」

瞬間、須佐王の剣に刺し貫かれた邑は、稲妻に打たれたような衝撃に目が眩んだ。

「ひ、あぁああ――っ…！」

叫びながらも、急速に遠退いていく邑の意識。

けれど、朦朧として落ちていく邑を包んでいたのは、強い安堵と幸福感だった。

『ああ、これで…ずっと須佐王と一緒にいられる…！』

えも言われぬ充足感。

長い間、ひたすら乞い願ってきた望みが、今、やっと叶えられるのだ。

「愛しい童よ、これで其方は我だけのものだ。結界を破った其方のために、我らを繋ぐ新たな結界を築いてやろう――」

薄れゆく意識の中で、邑は鼓膜を震わせる須佐王の約束の言葉を、確かに聞いていたのだった。

＊　＊　＊

そして、あの運命の日から三年半──。

十六歳を過ぎ、今や高校生となった邑を取り巻く環境は、あの継承の神事を執り行った夜を境に、すべてが大きく変わっていた。

「邑！　仕度にいつまでかかっているのだ！　さっさと神殿に来ないか！」

「は、はい…！」

いつもながら短気な礼三《れいぞう》の呼び声に、邑は慌てて紅を引いて立ち上がった。

神殿で待っているのは、たぶん、またロクでもない連中だろう。

それでも、ご神託による占いを求めてくる者がいる限り、邑雲神社の巫女を務めなくてはならない邑には、一切の選択の余地がない。

とはいえ、先代の千歳が存命中の頃には、こんなことはなかった。

『千歳さま…』

厳しくて気難しいところもあったけれど、今はただ懐かしい恩人の面影。

先代の神職であった千歳が亡くなったのは、邑が龍邑雲剣を抜いた、あの継承の神事が執り行われた翌日のことだったたという。

伝聞形の言い回しになっているのは、神事の夜から一週間ほどの記憶が、今以て邑にははっきりしないからだ。

後から聞かされたところによると、神事の翌朝、祭壇の前で倒れているのを発見された邑は、その後の一週間、極度の衰弱状態が続き、意識までもが朦朧としたまま、山を隔てた隣町の病院に入院させられていたということだ。

健康な十三歳の男子中学生が、一夜にして突然の衰弱状態に陥った原因については、検査を重ねた医者にもわからなかったらしいが、それが異界に棲まう須佐王との交わりによる結果だということを、邑本人だけは知っている。

『だって、僕は須佐王に食べられちゃったんだから…』

少し意味合いは違うけれど、須佐王に抱かれたために、邑が激しく衰弱したのは事実だ。まだ未通児だった邑は、清童としての純潔を奪われてしまったばかりでなく、須佐王に精気を吸われてしまったのだ。

しかし、それは邑との約束を守るためでもあった。

なぜなら、あの神事の後、須佐王はその言葉どおり、邑が龍邑雲剣で破った結界の上に、天つ国と現し世を繋ぐ新たな結界を築いてくれた。

それは今も、邑雲神社が建つ小高い山の上、鳥居を潜った内側にある神域一帯に張られている。

霊力のない者には何の変化も感じられないが、神域に結界が張られたことで、邑は天つ国と現し世の間を自由に往き来できるようになり、時には須佐王の方が、何気なく神社に姿を現すこともある。

もっとも、現し世でその姿を目撃されては、いろいろと差し障りがあることから、須佐王の方から積極的に結界を越えてくるのは、極めて稀なことではある。

但し、こうした結界を維持するには、それ相応のエネルギーが必要とされ、異界に棲まう須佐王にとって、現し世に生きる人間の精気こそが、何よりの活力源となるのだった。

そんな訳で、須佐王に精気を吸われた邑が、一週間後に退院を果たした時には、既に千歳の神葬祭は終わっており、神社の運営を適切に引き継ぐ者として、一族から選ばれた礼三と富子《とみこ》の夫婦が、邑雲神社に入った後だった。

だが、この夫婦、金儲けの才覚はあっても、霊力の持ち合わせは欠片もない。

白衣に浅葱色の袴を着けた恰幅のよい礼三の姿は、いかにも神社の神主然として見えるが、実際に執り行う神事はすべて邑に任せきりで、本人はひたすら金勘定に血道を上げている毎日だ。

拝金主義に走る礼三夫婦が、寄進という莫大な利益をもたらす、邑の巫女としての力を見逃すはずもない。

結果、千歳が存命中には月に一度、それも、定められた日曜日にだけ執り行われていた占いの儀式が、今では四六時中、依頼さえあれば行われているような状態だ。

おかげで、今日も学校のある水曜日だというのに、邑は制服を着て授業に出る代わりに、巫女装束を着けて紅を引いている。

「あぁあ、また幸弘にノート見せてもらわなくちゃ…」

思わず漏れ出る愚痴。

実際、小学校からの友達である小暮幸弘の協力がなかったら、邑の成績は、かなり悲惨なものになっていたに違いない。

それなのに、後見人であるはずの礼三ときたら――。

「遅いぞ、邑！　大事なお客さまをお待たせしてどうする！」

無神経な礼三の言葉に、邑は心秘かに顔を顰《しか》める。

邑雲神社の巫女が行う占いを頼んで神殿を訪れる者は、神託を授かりにくる者であって、お客さまではないのだ。

しかし、今は何を言っても、言うだけ無駄。

未成年者の邑には後見人が必要だし、正式な神職となって神社を取り戻すまでは、その運営方針に口出しもできない。

「入ります」

神楽鈴が鳴り響く中、邑は占いを行う神殿奥の御簾の内側に座った。

上から千早を纏った白い小袖に緋袴。長い黒髪を結い上げた上に、花飾りのついた前天冠という巫女の出立ちは、直に十七歳を迎える今も変わらない。

普通なら、そろそろ無理のある化粧や巫女装束も、邑には少しも不自然ではない。

それどころか、水際立った美貌はますます凜として冴え渡り、巫女を務める邑の姿は、実に艶《なまめ》かしくも麗しい。

須佐王の寵愛が深いことも、邑の美しさに研《みが》きをかけている要因の一つかもしれない。

だが、御簾の内に座る邑の神々しさとは対照的に、その占いを頼みにきた男は、見るからに下賤《げせん》の相を表している。

「よぉ、巫女の坊や、今回もヨロシク頼むぜ」

畏まるどころか、礼儀も弁《わきま》えない男の軽口に、邑は眉を顰める。

千歳が神職を務めていた頃には、絶対に昇殿を許されなかったはずのこの男は、表向きは稲田《いなだ》興業の会長職を名乗る稲田寅吉《とらきち》。

しかし、その実態は、新興勢力のヤクザである稲田組の組長だ。

以前は然《しか》るべき紹介のない者は、決して昇殿を許されず、結果として、政財界でも名の通った志のある者だけが、邑雲神社の巫女が執り行う占いに与ることができた。

それが、礼三が神社の運営を引き継いでからというもの、金さえ払えば誰でも、そして、どんな内容であっても、関係なく占ってもらえるようになってしまった。

邑の能力を以てすれば、誰の未来であろうと問題なく見透せるのだが、礼三が引き受けてくる連中は、総じて下品で強欲な者ばかりだ。

分けても、この稲田寅吉という男は血生臭く、うっかり見透しすぎると、とんでもなく下劣で恐ろしい光景が垣間見えてしまうのだった。

『心に二重に鍵をかけなくちゃ…』

礼三が掛袱紗も使わず、稲田から剝き出しの札束を嬉々として受け取っている姿を横目で見ながら、邑はいつもより更に気持ちを引き締めた。

＊　＊　＊

「――須佐王！　須佐王！」

占いの儀式を終えた邑は、装束も化粧もそのままに、大急ぎで天つ国へ向かった。不快で卑しい稲田や礼三の傍から、一分一秒でも早く離れて、大好きな須佐王に会いたかったからだ。

それなのに、館に当の須佐王の姿は見当たらず、代わりに邑を出迎えてくれたのは、可愛い従者の阿比と伊那だった。

「主さまは居りませぬ」

「居りませぬ」

相変わらずワンセットな二人。

振り分け髪を角髪に結い、色違いの狩衣に、膝小僧が出る位置で裾を絞った指貫を穿いた二人の年頃は、見たところ十歳前後だろうか。

龍泉池で初めて会った時には、六歳の邑より少し年上だったのが、今ではすっかり双子の弟たちのようだ。

邑は袂《たもと》に忍ばせてきたチョコレートの包みを取り出した。

阿比と伊那の二人は、邑が現し世から持ってくる菓子や玩具を楽しみにしているのだ。

「はい、おみやげだよ」

「おお…！」

今度は二人一緒に上げた歓声。

親とも祖母とも縁が薄く、兄弟などいない邑には、二人がとても可愛く思えた。

早速チョコレートを頬張りはじめた二人の説明によると、須佐王は出かけていて、戻るのは小一時間ほど後になるということらしい。

『なんだ、いないんだ…』

いくら須佐王に会いたかったからといって、一目散に天つ国へ駆け込んできた自分が、邑は少しだけ気恥ずかしくなった。

「それなら着替えて、化粧も落としてくればよかったかな…」

思わずそう呟いた邑に、阿比と伊那がチョコレート色に染まった口を開いた。

「では、湯殿の仕度を致しまする」

「致しまする」

「う〜ん、そうだなぁ…」

少し迷ったけれど、今更、現し世へ戻るのも面倒に思えた邑は、二人の勧めに従って、須佐王の帰りを待つ間、風呂を借りることにした。

何しろ、ここには香りのよい檜《ひのき》造りの内湯の他に、露天の岩風呂があるのだ。

「阿比と伊那も一緒に入ろう」

二人を誘った結果、温泉でのんびりというよりは、温水プールで大騒ぎといった具合になってしまったけれど、とにかくお湯から出る頃には、須佐王が館に戻ってきていた。


「お帰り、須佐王！」

風呂上がりに瑠璃紺《るりこん》色の水干《すいかん》に着替えた邑は、廂《ひさし》を出た簀子《すのこ》から、高欄《こうらん》越しに庭を眺めている須佐王の傍らに駆け寄った。

ほぼ毎日のように顔を合わせていても、やはり、こうして須佐王を見上げると、邑の心は堪らない歓びに満たされる。

千歳亡き後、邑が神社に乗り込んできた礼三や、稲田をはじめとする嫌な連中に耐えられるのも、須佐王がいてくれるからに他ならない。

たとえ何があっても、結界を潜り抜けて、いつでも好きなだけ須佐王に会えるのだと思えば、邑に我慢できないことなどないのだ。

そして、そんな邑を、須佐王はいつも優しく迎え入れ、誰よりも深く愛してくれる。

「湯浴みをしていたのか？」

「うん！」

「どれ、髪を結いなおしてやろう」

首筋にかかる解れ髪に指を絡めて、愛しげに邑を見つめる須佐王。

促されるまま、邑は簀子から廂の内へ入ると、八稜鏡《はちりょうきょう》を懸けた黒漆に蒔絵を施した鏡台の前に座らされた。

「烏《からす》の濡れ羽色をしたよい髪だ」

髻を解かれた黒髪に、差し入れられる長い指。

柘植《つげ》の櫛で何度も優しく梳《くしけず》られると、あまりの心地よさに、トロンと眼が蕩けてくる。

女の子みたいなポニーテールは、もう勘弁してもらいたいと思って久しい邑だが、こうやって須佐王が髪を梳いてくれるなら、現金にも、ずっと長い髪のままでいたいとさえ思ってしまう。

やがて、綺麗に結いなおした髪に、須佐王が、見事な透かし彫りを施した翡翠に真珠を飾った笄《こうがい》を挿してくれた。

「よく似合うぞ」

須佐王に褒められて、八稜鏡に映し出された邑の頬も薄紅色に染まった。

だが、いかにも高価な宝飾品は、目敏い礼三の妻、富子に見つかれば取り上げられてしまうに違いない。

「貰えないよ」

首を振った邑に、須佐王が眉を顰めた。

「あの礼三と富子とかいう夫婦もの、我が始末してやろうか？」

自分の意思で自在に伸び縮みさせることができる爪を、猛禽《もうきん》類の鉤爪のように伸ばして、須佐王が鏡の中の邑を覗き込んだ。

実のところ、現し世には関与しないのが、天つ国に棲まう者の決まりなのだが、結界を張った神域にいる人間たちについては、その限りではない。

そもそも、害を為しているとまでは言わないまでも、可愛い邑に、しばしば不快な思いを強いている礼三夫婦には、須佐王も少なからず苛立ちと怒りを覚えている。

そんなだから、もしも邑が望むのであれば、須佐王はその鋭い鉤爪で、連中の喉を裂くことも吝《やぶさ》かではない。

もっとも、その複雑な生い立ちのせいか、我慢強く気質も優しい邑が、そんな無体を望んだりはしないことを、須佐王は既によく承知していた。

「二人とも、そこまでの悪人じゃないよ」

思ったとおりの受け答えをする邑に、須佐王は恐ろしげに伸ばした爪を元に戻した。

だいたい、今、礼三夫婦を亡き者にしたとしても、またすぐに別の者が邑の後見人として乗り込んでくるのは、須佐王の目にも明らかだ。

それに、あんな礼三夫婦にも、一つだけ悪くない点がないわけではない。

「まぁ、あの二人が、邑が学校へ行く邪魔をすることについては、評価してやってもよい」

「えぇ～!?」

思いも寄らない須佐王の言葉に、異議を唱えた邑だったが、実際、須佐王は邑が学校へ行くのを、あまりおもしろく思ってはいないらしい。

結界を張った神域の外へ出てしまうと、たとえ邑の身に何かあっても、須佐王には手が出せないからだ。

それともう一つ、須佐王には、邑の《友達》というのが気に食わない。

実際に手は出せずとも、須佐王は水鏡を使って、現し世のどこにいようと、邑の姿を見ることができるのだ。

「あの小暮幸弘とかいう者と、其方は仲良くしすぎるのだ」

「須佐王ってば…」

恥ずかしげもなく、見当外れな焼きもちを口にする須佐王に、邑は呆れ半分ながらも、それほど愛されているのだという、くすぐったくも嬉しい気持ちを隠しきれない。

それにしても、異界に棲まう、妖しくも美しい須佐王に、自分が嫉妬されていると知ったら、純朴で人のよい幸弘は、どれほど驚くことだろうか。

「何が可笑しいのだ？」

クスクスと笑いだした邑に、須佐王が怪訝な顔をする。

邑は笑いながら首を振った。

「ううん、須佐王の爪って、伸びたり縮んだり、便利だなぁと思って」

「それは、長く伸ばしたままでいては、可愛い邑に触れられないからな」

「あ…！」

鏡台に向かっていたのを、いきなり、背後にいた須佐王の膝に抱き上げられて、邑は驚きの声を上げた。

思ったより背が伸びないのが悩みの種とはいえ、もうじき十七歳にもなる邑が、小さな子供みたいに須佐王の胡坐《こざ》に座らされるのは恥ずかしい。

そもそも、ここは館内とはいえ、庭からも見える廂とあっては、何かの拍子に、阿比や伊那に目撃されてしまわないとも限らないのだ。

ところが、邑を膝に抱いた須佐王の目的は、もっと困ったものだった。

「あ…！　ダ、ダメ…っ！」

するりと水干の脇から忍び入ってきた大きな手に、邑は慌てた。

庭から丸見えの上に、こんな日の高いうちからされては、あられもない姿を余すところなく須佐王に見られてしまう。

いや、それ以前に、今日はどうしても困るのだ。

「明日はマラソン大会だからダメ……！」

「何…!?」

叫んだ邑に、須佐王が思い切り不審げに眉を顰めた。

けれど、礼三夫婦のせいで、嫌でも学校を休みがちな邑にとって、マラソン大会は体育の単位確保のためにも絶対に外せない行事で、須佐王に精気を吸われたフラフラ状態で出るわけにはいかないのだ。

もっとも、今は須佐王と交わったからといって、初めての時のように、一週間も意識が朦朧とするなどということはない。

せいぜい腰に力が入らなくなって、独特のだるさに、軀の動きが鈍くなる程度だ。

それでも、異界の者である須佐王との交わりは、この世のものとは思われない、それこそ目も眩むような快楽で、一度はじまってしまうと、邑はブレーキをかけることも忘れて、ひたすら欲望のままに貪り尽くしてしまうのだった。

だが、歯止めが難しいのは、須佐王の方も同じである。

「だから我は学校とやらが好かぬのだ」

そう言って、須佐王は邑の水干に忍ばせた手を、更に奥へと進めた。

「あっ…やっ…ダメ…っ…」

探し当てた小さな胸飾りを、押し潰すように揉み込む指の蠢き。

「其方が嫌なら、交わるまではせぬ」

「あっ、あっ…やっ…」

意地悪な囁きに、邑は首を振って嫌がったが、背後から抱き竦められる格好で須佐王の膝の上に乗せられた軀は、逃げるに逃げられない。

耳朶を甘噛みして、白い首筋へと這わされていく熱い唇。

すっかり尖って勃ち上がった胸の珊瑚の粒を、キュッと指先で摘まれて、邑は切なげに上体を反らした。

「やっ…あ、ぁん…っ…」

下腹が熱くて堪らない。

糊の効いた水干袴の中で、芽吹いてしまった花芯が、弄られた胸飾りと同じように苛めて欲しいと震えている。

「須、佐王…っ…」

白い頬を上気させ、潤んだ瞳で見上げる邑に、須佐王が笑みを漏らした。

「堪え性のない子だ」

「ん、ん…っ…」

微かに誘うように開かれた唇が塞がれ、袴の帯が解かれる。

上は水干を纏ったまま、袴を取り去られた邑の花芯は、すぐに須佐王の長い指に捉えられた。

「あっ、あっ、あっ…！」

期待に違わず、思う様上下に扱かれ、濡れて露出した先端部分を擦り上げられる快感。

本当に恥ずかしいほど堪え性なく、邑は溜まった蜜を飛沫《しぶか》せた。

「あ、ぁんっ…！」

「たくさん出したな？」

「い、やぁ…」

耳元で鼓膜を嬲る囁きが、達した悦びに震える邑の羞恥心をひどく煽り立てる。

それでも十分に果たされた欲望に、軀は満足して治まるはずだった。

それなのに——。

「ぁ、ん…っ」

濡れた指先で後孔の入り口を弄られて、邑は声を震わせた。

小さな窄まりの縁を辿って、何度も往き来する指先に、そこがキュウキュウ喘ぎだす。

「く、ぅん…っ…」

いっそ突き入れてくれればよいのに、意地悪な指は焦らすばかりで、それ以上は何も仕掛けてきてくれない。

先に音を上げたのは、結局、堪え性のない邑の方だった。

「ね、ねぇ…も、っとぉ…」

「なんだ、嫌ではなかったのか？」

「ゆ、指だけ…」

躊躇いながらも、ねだらずにはいられない邑に、そうなるように躯を仕込んだ本人である須佐王は、淫靡な笑みを浮かべた。

どうせ指だけでは、すぐに足りなくなるのだ。

「んん、んっ…っ…」

窄まりの肉を掻き分けて、ぐっと奥まで挿入される長い指。

刺激で花芯がぷるんと震えて勃ち上がる。

「は、ぁん…っ」

堪らずに、邑は上体を捩じって須佐王の首にしがみついた。

そのまま体勢を入れ替えて須佐王の膝を跨ぎ、少し尻を突き出す格好で、奥まで呑み込んだ長い指を肉襞で締め付ける。

「あ…ぁ、あん…あ、ん…っ…」

須佐王に縋りついたまま、切なく揺れだす細腰。

奥を掻き乱され、肉襞を擦り上げられる堪らない心地よさに、邑は我を忘れた。

もっともっと奥まで押し拓かれ、熱くて猛々しいもので酷いほど突き上げられたい。

「須、佐王ぉ…っ…」

涙を浮かべて、邑は須佐王に懇願した。

「奥が…奥が…じんじんして、辛いよぉ…っ…」

「愛い子だ」

無意識の媚を滲ませた邑の艶姿に、須佐王はその銀灰色の瞳を細めた。

上手にねだれるようになった童には、もちろん、特別なご褒美が与えられる。

須佐王は自らの指貫の帯を解き、猛り勃つ剣を取り出すと、その切っ先を邑の蕾に宛がった。

「ひ、あぁあ…ん…っ…！」

嬌声を放ちながら、待ち望んでいたものを貪欲に呑み込んでいく蕩けきった蕾。

「さぁ、次はどうするのだ？」

意地悪く尋ねられて、邑は根元まで呑み込んだ剣の上で腰を震わせた。

「ん、んぁ…っ…」

巨大な剣を頬張るあまり、捲れ上がった敏感な縁から、ゾワゾワと鳥肌が立つように背筋を這い上っていく堪らない快感。

花芯からポタポタと悦びの蜜を零しながら、邑は須佐王の首にしがみつき、後は夢中で腰を上下に振った。

「あぁ…う、ん…っ…」

「よいぞ、邑」

暫くの間、邑の稚拙な動きを悦しんでいた須佐王は、やがて、その細い腰をグッと力を込めて引き寄せた。

「しかし、これでは足らぬな」

瞬間、開始された、力強くも無慈悲な腰の突き上げ。

「あっ、あっ、あぁあ——っ…！」

鋭く刺し貫かれる度に、淫らに灼き切れていく快感中枢。

須佐王が満足するまで、いったいどれほどの蜜を、邑ははしたなく花芯から飛沫せたのだろうか。

「あっ、あっ…も、ぉ…っ…！」

訪れる忘我の極み。

そして、熱い奔流を撃ち込まれる時が来た。

「邑…っ！」

「ひ、あっ、あぁ——っ…！」

刹那、邑の頭の中いっぱいにぶちまけられた、蛍光塗料のような極彩色。

須佐王を呑み込んだまま、邑は気を失っていた。


庭に面した簀子から廂へと、心地よく吹き抜けていく夕暮れ時の風——。

意識を失くした邑を腕に抱いた須佐王は、その愛しい顔を見つめながら、微かな苦笑いを浮かべていた。

「湯浴みも、髪結いも、すっかり無駄になってしまったな」

情交の痕跡も露わな柔肌に乱れ髪。

この上は、せめて風邪を引かないうちに、邑の軀を清めてやらなくてはならない。

「角盥と布を持て」

須佐王が命じたのは、もちろん、阿比と伊那に対してだった。

ところが、望みのものを持って現れたのは、またも予期せぬ来訪者だった。

「また其方か、月夜観」

渋い顔をした須佐王に、角盥と布を持参した月夜観は肩を竦めた。

「せっかく所望のものを運んできてやったというのに、邪険にするものではないぞ」

「煩い！　こちらを見るな！」

相変わらず、しれっとした物言いをする月夜観を睨んで、須佐王はしどけなく横たわる邑の軀を、自らの袖の内に隠した。

「まったく、須佐王ともあろう者が、つまらぬ悋気《りんき》を起こすものよ」

手にした檜扇の端で、口許に溢れる忍び笑いを抑えつつ、月夜観は廂から階《きざはし》の方へ出て背を向けた。

もっとも、立場が違えば月夜観も、気絶するまで弄《もてあそ》んだ輝津馳の裸体を、須佐王の前に曝したりなど絶対にしないだろう。

いや、それどころか、着衣で目覚めている輝津馳の姿さえ、月夜観は好んで人前に出したいとは思わないほど、それは独占欲の強い男なのだ。

とはいえ、今日の訪問の目的は、また別儀だ。

「こほん」

小さく咳払いをしてから、月夜観は邑の軀を清めている須佐王に話しかけた。

「それはそうと、其方、玉祖命《たまのおやのみこと》が丹精して拵《こしら》えた翡翠の笄を、天照子に競り勝って手に入れたというではないか？　其方に負けた天照子は、それは悔しがっていると聞いたぞ」

月夜観の言葉に、須佐王は小さく肩を竦めた。

玉祖命は玉造《たまつくり》の神で、瑪瑙や水晶、碧玉《へきぎょく》を使って見事な勾玉《まがたま》を作るので、天つ国の者は競って装身具の類を頼むのだが、何しろ気難しい芸術家肌の玉祖命は、寡作なことでも知れ渡っている。

そんな訳で、新たなものができたと聞けば、神々の間で争奪戦となるのだった。

そして、もちろん、須佐王が今回、天照子に競り勝って手に入れた笄は、先程、邑の黒髪に挿してやった翡翠のそれだ。

「どうやって手に入れたのだ？」

水干を着せなおした後、須佐王が整えなおしてやった邑の黒髪に、件の笄を挿すのを覗き込んで、月夜観は尋ねた。

こうして間近に見れば、なるほど、噂に違わぬ見事な出来映えの翡翠の笄。

実は月夜観も、少なからずこの笄を狙っていたのだけれど、同じ三貴子の一人である天照子が、どうしても欲しいと以前から名乗りを上げていたと聞いて、次の機会を待つことにしたのだ。

だいたい、天照子は女神だけあって、下手に横取りなどして怒らせると、後々いろいろと面倒なのだ。

それを須佐王ときたら――。

「事前に海を司る大綿津見《おおわたつみ》の娘たちに頼んで、選り抜きの真珠を宝箱に溢れるほど手に入れておいたのだ」

そう言って、須佐王は笄の縁を飾る大粒の真珠を指差した。

「これと同じものを、玉祖命にも贈ってやったというわけさ」

「何と、まぁ…！」

出し抜かれた天照子の怒りも意に介さぬ、いかにも須佐王らしい太っ腹ぶり。

またその一方で、須佐王ほどの者が、根回しに苦心してまで、愛しい童の黒髪に、美しい笄を挿してやりたかったのかと思うと、それはそれで可笑しくもある。

何れ劣らぬ美人と名高い大綿津見の娘たちを相手に、須佐王はいったい、何と言って真珠を都合させたのだろうか。

「いやいや、これはずいぶんと当てられたものよ！」

月夜観は大きく声を上げて笑った。

六歳の子供に懸想していた須佐王には、どうしたものかと訝《いぶか》しんだ月夜観だったが、今となっては是非もない。

これほど愛しむ童がいるなら、同じ三貴子の須佐王には、是非とも幸せになってもらいたいものである。

「もうそろそろ日も暮れる。其方の愛しい童を、現し世に戻してやってこい」

だが、須佐王を促して、月夜観はふと、付かぬことを思い出した。

いや、しかし、それは果たして本当に付かぬことだったのだろうか――。

「時に須佐王、最近は邑雲神社の境内へは行ったか？」

「はて、行かぬが？　特段の用事もないのでな」

答えて、須佐王は微かな胸騒ぎを覚えた。

そう、邑の方から訪ねてくれれば、須佐王がわざわざ現し世へ出向いていく必要など、どこにもない。

ましてや、結界を張った神域とはいえ、そこに出入りしている人間たちの多くは、礼三夫婦に代表されるような、品性の下劣な者たちばかりで、不浄を嫌う天つ国の者にとっては、決して居心地のよい場所ではないのだ。

けれど、あの場所には――。

『――藤の…』

思いかけた須佐王に、月夜観が被せるように言葉を続けてきた。

「我の眷属《けんぞく》である月の宮の兎《うさぎ》が言うには、あの境内にある藤の老木、花をつけるのは今年で最後になるらしいぞ――」

瞬間、邑を抱く須佐王の腕が、僅かに震えたかに見えた。

須佐王の脳裏に蘇ってくる、久しく忘れていた遠い日の記憶。

『――藤の…小君《こぎみ》…』

だが、須佐王はすぐに思いなおした。

今はカビの生えた昔の記憶よりも、腕の中にいる邑の方が大事だ。

何しろ、天つ国と現し世では、結界を通して繋がった今も、時間の流れ方が違う。

邑が天つ国を何時間か訪れる分には問題ないが、そのまま夜を過ごし朝を迎えることを繰り返せば、元いた時間には戻れなくなってしまうのだ。

「阿比、伊那、現し世まで出かけてくるぞ」

従者の二人に声をかけて、須佐王は眠っている邑を抱いて立ち上がったのだった。


現し世では、ちょうど満月の夜――。

結界を潜り抜け、邑を自室まで送り届けた須佐王は、少し迷ってから、月の光に玉砂利が白く輝く神社の境内へと向かった。

須佐王が立ち止まったのは、樹齢千二百年を超えるという、松の老木の前だった。

そして、邑雲神社の御神木として境内に立つその松の幹には、一本の藤の古木が螺旋状に絡みついていた。

花の季節には、淡紫色をした長い花穂《かすい》を何百と垂れさせては、老いた御神木を、それは艶やかに彩ってきた藤の古木。

しかし、命あるものには、必ず命の尽きる時は訪れるものだ。

「最期の狂い咲きだな…」

春ではなく、秋も終わりに近づいてから、大量の花房をつけた古木を見上げて、須佐王は独り呟いた。

須佐王がこの藤の古木の前に立つのは、たぶん、千年ぶりのことだ。

邑のために、邑雲神社に新たな結界を築いて三年半になるが、須佐王が滅多に現し世の側に足を運ぼうとしなかったのは、思えば、この藤の古木が境内にあったからかもしれない。

けれど、この狂い咲きの花が終われば、藤の古木は枯れて死ぬ。

「小君よ…」

久しぶりに口にしたその名前に、須佐王は舌の先が痺れるような苦いものを感じた。

千年も昔に犯した過ち――。

そう、その昔、須佐王には、それは深く寵愛した藤の小君という少年がいた。

藤の小君は人間だったが、千年前には人々は自然や闇を恐れ、神々に畏敬の念を抱いていたから、天つ国と現し世は今よりもずっと密接な関係にあって、わざわざ結界を破らなくても、互いの間を自由に往き来できたのだ。

とはいえ、すぐに寿命が尽きてしまう人間と、永遠の時を生きる天つ国に棲まう者とが、ともに過ごせる時間は限られていた。

須佐王が犯した最初の過ちは、人間である藤の小君を、あまりにも深く愛しすぎたことだったに違いない。

やがては年老いて死ぬ運命にある者を、どうしても諦めきれなかった須佐王は、その若さと命を永遠に保つために、藤の小君の精気を吸い尽くしてしまったのだ。

その結果、愛しい藤の小君の時間は止まり、永遠に須佐王だけのものとなった。

問題は、人間としての精気を失ってしまった小君には、二度と現し世の地を踏めなくなってしまったことだった。

親兄弟と別れ、ともに遊んだ友垣《ともがき》とも会えなくなった小君は、天つ国で泣き暮らし、やがては心に病を抱えるようになった。

人間は、永遠の時を生きられるようにはできていなかったのだ。

「小君よ……！」

須佐王の胸は激しく痛んだ。

愛らしく美しかった顔からは表情が失われ、健やかで伸びやかだった少年の軀は、哀れを催すほどに痩せ衰えていった。

神とも呼ばれながら、何一つ、愛しい小君のためにしてやれなかった無力感。

そして、為す術もないままに、最後の悲劇が起こった。

ついに耐えきれなくなった小君が、踏み越えてはならない結界を越えて、天つ国から逃げ出してしまったのだ。

可哀想な藤の小君を待ち受けていたのは、これ以上ないほどの残酷な結末。

現し世では、既に数百年の時が流れていて、親兄弟や友垣の姿もなく、孤独と絶望に打ち拉《ひし》がれた小君自身、あっという間に老化して、次の瞬間には、肉体は塵《ちり》と化して消えてしまった。

すべては、愛するあまり過ちを犯した須佐王の罪。

嘆き哀しんだ須佐王は、塵と化した小君を藤の木の根元に埋め、二度と過ちを犯さない戒めとして、龍邑雲剣で結界を封印した。

あれから千年――。

今、満月に照らし出されて、藤の古木を見上げる須佐王の胸には、様々な思いが去来していたのだった。

＊　＊　＊

須佐王の様子がおかしい――。
最初は、自分の方がわざと拗ねた態度でいるから、須佐王との関係が一時的にギクシャクしているだけだと、邑は思っていた。

それというのも、前日に須佐王と激しく交わってしまったせいで、結局、マラソン大会で走れず、体育の単位取得がひどく危ぶまれた邑は、八つ当たりで須佐王に怒ったポーズを取っていたからだ。

とはいえ、拗ねているのも三日が限界。

四日目には、恋しさと寂しさに堪えかねて、邑の方から天つ国へ駆け込んでしまった。

もちろん、そんな邑を、須佐王は優しく迎え入れてくれたし、「我が悪かった」と言って、抱き締めてもくれた。

けれど、それから更に一週間――。

『何かが…ひどく変わってしまった…！』

日々、不安に戦きながら、邑はそう感じる思いを強くせずにはいられない。

なぜなら、あれ以来、須佐王は邑に触れはするけれど、以前のような激しさでは愛してくれず、邑だけを満足させると、それ以上は求めてこようとはしなくなった。

「――あまり無茶ばかりすると、また学校へ行けなくなったと、邑に三日も拗ねられては困るからな」

甘い笑みを浮かべて、須佐王はそう言うけれど、邑にはそれが本当だとは思えない。

だいたい、邑から精気を吸わずに、須佐王はどのくらいの間、邑雲神社の神域に張った結界を維持できるのだろうか。

この世のものとは思えない悦楽と引き換えに、足腰が立たなくなるほど奪われてしまう精気には、正直、口を尖らせてきた邑だけれど、須佐王に精気を吸ってもらえないことが、こんなにも寂しくて不安なことだとは、思いも寄らなかった。

それなのに、どうすればよいのか、邑にはまるで打つ手がない。

ただ、不安と焦燥感に、じりじりと過ぎていくばかりの日々。

そんなある日、邑は思わぬ場面を目撃することになった。


『須佐王…？』

夜、その姿を境内に見つけた時、邑は夢を見ているのだろうかと思った。

御神木の松の大木に絡みつき、狂い咲きを見せている藤の古木。

しっとりと闇に融け、降るように幾百筋も垂れ下がる淡紫の長い花穂を、麗しくも妖しい魔物が見上げている。

下弦の月にさえも眩く光る、美しい白銀色の長い髪。

そして、その翡翠の色を帯びた銀灰色の瞳には、離れた場所から見つめる邑の胸をも震わせる、あまりにも切ない憂いと哀愁が満ちていた。

『須佐王…っ！』

今にもどこか遠くへ奪われていってしまいそうな恐怖感。

駆け寄れば、すぐにもその胸に飛び込める距離にいながら、その瞬間、邑は限りなく須佐王を遠くに感じた。

幼い日に出会って以来、邑にとって、誰よりも慕わしく恋しい存在だった須佐王に対して、今、初めて抱く大きな隔たり。

あの不可思議な銀灰色の眼差しは、邑ではない、何か別の世界のものに囚われている。

そう、邑ではない、何か他のものに——。

『いやだ…！』

思った瞬間、邑は悲鳴のように叫んでいた。

「——須佐王…っ！」

けれど、邑がその名前を叫んだ時には、須佐王の姿は闇に融けて消えていた。

後に残されたのは、青褪めて立ち尽くす邑と、妖しく狂い咲く藤の古木だけ——。

千有余年の長きに亘り、御神木とともに邑雲神社にあった藤の古木が、その命を終えて枯れたのは、その翌々日のことだった。

＊　＊　＊

「須佐王は…！　ねぇ、須佐王は今日もいないの…！」

その日も天つ国を訪れた邑は、焦燥感も露わに、困惑しきりの阿比と伊那に詰め寄っていた。

今や、邑が須佐王に避けられているのは、火を見るよりも明らか。

数々の兆候があったとはいえ、結局のところ、何がどうなってしまっているのかわからない邑は、すっかりパニック状態だ。

須佐王がいない――。

もうそれだけで、邑が自制心を失うには十分だった。

「阿比…っ！　伊那…っ！」

涙ぐみ、今にも泣きだしそうになっている小さな二人を前にしても、金切り声を上げるのをやめられない。

邑自身、この先の見えない不穏な状況の中、続く不眠で心身ともに限界近くまで磨り減っていたのだ。

そんなだったから、もしも止めに入ってくれる者がいなければ、切羽詰まった邑は、幼い二人の肩を乱暴に揺さぶっていたかもしれない。

しかし、喚き散らす邑の暴挙は、すんでのところで回避された。

日々、鬼気迫る様相を増して、主不在の館に押しかけてくる邑に恐れをなした阿比と伊那が、月夜観に助けを求めたのだ。

「これ童、自分より幼い者を、そのようにいじめて如何《いかが》するのだ」

諫める月夜観に、檜扇の先で肩を叩かれた邑はハッとした。

気がつけば、邑の目の前には、救われてホッとしたのか、「月夜観さまぁ…！」とベソを掻いている阿比と伊那の姿。

「ご、ごめんね、二人とも…！」

我に返った邑は、慌てて阿比と伊那に謝った。

須佐王がいない不安と苛立ちを、理不尽にも、何の罪もない阿比と伊那にぶつけていた自分が、今更ながらに邑は恥ずかしかった。

だが、その一方で、そうまでしてしまうほどに、邑の心は激しい恐怖に満たされ、支配されてもいたのだった。

それというのも、一昨日の午前中、不眠による体調不良で、予定外に学校から早退してきた邑は、やっと上りきった長い長い石段の向こうに、恐ろしくショッキングな光景を目にしてしまったのだ。

「——須佐王…っ!?」

驚きの声を上げた邑を、一瞬、その銀灰色の瞳を閃かせて顧みた須佐王。

だが、その艶やかな襲の色目で幾重にも着重ねた袿の袖には、恍惚として抱かれる女の姿があった。

大金を積んで占いを頼みに来る俗物どもの目を楽しませるために、礼三夫婦が容姿端麗を条件に雇い入れた、若いアルバイトの巫女たちの一人だった。

艶かしい女の白い喉元に、今、正に這わされていたと思しき須佐王の薄い唇。

悦楽に痺れ、淫らな官能の表情を露わにしている巫女が、須佐王に精気を吸い取られていたのは、既に疑いようもない事実だ。

久しく邑からは奪おうとしなくなった精気を、須佐王は他の誰かから——。

「あ…!」

その途端、ハンマーで後頭部を殴打されたような、強烈なショックが邑を襲った。

そう、これまで何の疑いもなく、須佐王が触れるのは自分だけだと信じていた、邑の無心さにひびが入った。

活力源にさえなれば、須佐王にとって、相手は誰でも構わなかったのだ。

『ああ、そんな…！』

惨めに破れ去った幻想。

突然、自分が餌の一人に過ぎない、単なる肉の塊になってしまったような気がした。

愛されていると思っていたのは、邑だけが持つ妄想だったというのだろうか。

『違う…！　そんなはずは…！』

激しく思い惑い、恐れ戦く胸の内。

嘘でも構わないから、何か言い訳して欲しかった。

一言でいいから、説明の言葉を聞かせて欲しかった。

それなのに、須佐王は——。

「あっ！　待って…！」

追い縋ろうとする邑を残して、須佐王は一陣の風とともに、結界を渡って姿を掻き消してしまった。

そして、それを最後に、今日まで邑は須佐王と会えずにいる。

どうかすると気が触れてしまいそうなほど、邑の気持ちが不安定なのにも頷けるというものである。

「本当に…ごめんね…」

阿比と伊那に謝りながらも、どうにもならない不安に込み上げてくる涙。

そんな邑の様子に、月夜観はため息を漏らした。

おもしろがりはしても、人の恋路の面倒にまで、本気で首を突っ込むほど暇ではない月夜観だが、阿比と伊那ばかりか、邑にまで泣きだされては、さすがに知らんふりで姿を消すわけにもいかない。

「仕方がないな」

月夜観は、諦めたように自らの首を檜扇の端で叩いた。

微に入り細をうがつまでは知らないが、須佐王の様子が変わった原因については、月夜観にも心当たりがある。

それに、眷属である月の宮の兎から聞いた、邑雲神社の藤の古木の話を、迂闊にも、世間話のつもりで須佐王の耳に入れてしまったのは、他でもない月夜観自身なのだ。

「千年も昔の話ゆえ、我も詳しくは知らぬぞ？」

一言断ってから月夜観は、その昔、須佐王と藤の小君との間にあった出来事を、邑に語って聞かせた。

「大方、あの藤の古木のせいで、昔を思い出した須佐王は、愛しむあまり、其方の精気を吸い尽くして、藤の小君と同じ目に遭わせてしまうのではないかと、らしくもなく怖気づいたのであろう」

「――須佐王に昔、そんなことが…」

月夜観の話に、邑は大きなショックを受けた。

確かにその説明を聞けば、突然、変わってしまった須佐王の態度や行動にも、邑なりに一定の納得はいく。

それでも、須佐王が何も話してくれなかったことが、邑には哀しい。

いや、それとも須佐王の口から、邑の前にも、深く愛した藤の小君という少年がいたことを聞かされる方が、もっと辛かっただろうか。

『わからない…』

邑は考え込んでしまった。

これまで、邑は自分と須佐王との関係性について、あまり深く考えることはなかった。

人の未来を見透せてしまう邑にとって、須佐王は、その棲まう世界に関係なく、もっとも慕わしくて恋しい存在だったからだ。

それは確かに、今は亡き千歳と出会えたことで、邑は自分の力をコントロールすることを覚え、人々の間でも平穏無事な生活を送れるようになりはした。

とはいえ、そのためには、邑は常に心に鍵をかけておかなくてはならず、長年の友人である小暮幸弘と他愛のない話をしている時でさえ、心のどこかに秘かな緊張を隠し持っていなくてはならない。

だが、須佐王はまったく違う。

邑が心の底から安心して、すべての緊張を解ける場所は、唯一、須佐王の腕の中だけだ。互いに棲む世界など超越して、邑にとっては須佐王こそが、誰よりも近しい唯一無二の存在なのだ。

けれど、須佐王にとって、邑はどういう存在なのだろうか。

『僕と、藤の小君…どっちの方が、好き…だったの…?』

もう千年も昔に死んだ者と、何をどう引き比べてみても、所詮は意味がないことくらい、邑にだってわかっていた。

それでも、昔のことだからと割り切れるほど、邑は大人ではなかったし、冷めてもいなかった。

そこに意味などなくても、とにかく邑は、愛する須佐王の一番でいたいだけだ。

『僕の方が、途中で逃げ出した藤の小君なんかより……！』

しかし、そう思いかけて、邑はハッとした。

そう、藤の小君が逃げ出したのは、須佐王が小君からすべてを奪い、天つ国へと連れ去ったからに他ならない。

つまり須佐王は、それほどまでに藤の小君に執着し、手放せなかったということではないのだろうか。

所詮、天つ国と現し世とは、相容れない存在でしかない。

今は結界で繋がっていても、現し世に生きる人間の邑は、放っておけば、すぐに年老いて死んでしまう。

無限の時を生きる天つ国の者である須佐王にとって、邑の存在など、一瞬で消えてしまう塵と同じくらいに儚いはずだ。

『それなのに須佐王は、僕を攫ってはくれない…』

邑は愕然とした。

同じ過ちを犯すまいと、邑の精気を吸うことをやめた須佐王は、一見、邑の身を案じ、大切にしてくれているかのようにも思える。

しかし、その一方で、すべてを奪い去らずにはいられなかった藤の小君ほどには、須佐王は邑を欲していないのではないだろうか。

『そんなことって……！』

邑は不安でいっぱいになった。

邑はずっとずっと須佐王と一緒にいたいと望んでいるというのに、須佐王の方では、そこまで真剣に考えられないのだとしたら、邑はどうすればよいのだろうか。

須佐王の望みが、永遠などという時間ではなく、ただ邑が年老いるまでの数年間だけ、慰めと気晴らしを得られれば、それで十分だというものだったとしたら——。

『いやだ…っ！』

絶望的な思いとともに、これまで感じたことがないほど深くてどす黒い闇が、邑の心を捕らえて呑み込んでいく。

疑心暗鬼を生ず——。

無心で純真無垢だった邑の心に、得体の知れない鬼が棲みつこうとしていた。

＊　＊　＊

心が離れてしまうと、一緒にいても、一人でいる時よりも寂しい――。

そんな言葉を実感させられるようになった十七歳の冬。

あれから、月夜観の取り成しなどもあって、邑は再び、天つ国を訪ねて行けば、その館で須佐王と会えるようになった。

以前と少しも変わらず、邑が持参するおみやげのキャラメルやグミキャンディーに歓声を上げる阿比と伊那。

芳しく香を焚き染めた須佐王の袿はいい匂いがして、その腕の中は、初めて会った時と同じように温かい。

そして、邑を優しく見つめてくれる、あの翡翠の色を帯びた銀灰色の眼差し。

だが、すべては表面を取り繕っただけの、ただの上滑りに過ぎないことを、邑も須佐王も知っていた。

なぜなら、二人とも肝心なことは何一つ口にせず、まるで何事もなかったかのような芝居を、空々しく演じ続けているからだ。

「じゃあ、またね」

「もう帰るのか？」

「うん、また来るから――」

別れを惜しんで交わされる口づけ。

けれど、無上の歓びと幸福感に満たされていたはずの邑の心には、今はぽっかりと虚ろな穴が開いている。

もっとも、この状況については、須佐王も十分に承知していた。

ただ、どうするべきなのか、須佐王には決心がつかないのだ。

「気をつけて帰るのだぞ」

唇を離し、邑を結界の向こうへ送り出した須佐王は、今日も深いため息を吐いた。

つい今し方、腕に抱いて口づけた邑の背丈は、心なしか、夏の頃よりも大きくなっていたように感じられる。

『邑は成長しているのだ…』

そう思うと、人として限られた時間を生きている邑に、須佐王は堪らない命の愛おしさを感じずにはいられない。

手を拱《こまね》いていれば、何れは年老いて死んでしまうだけだとわかっていても、己の欲望のままに、成長しようとする邑の芽を摘み取り、人としての生を奪ってしまう所業が、果たして、須佐王には許されることなのだろうか。

『邑…其方を失いたくはない…！』

だが、愛しいと思えば思うほど、現し世に生きる人間である邑に対して、須佐王の想いは千千《ちぢ》に乱れるばかり。

犯してしまった過去の過ちが、須佐王の胸に重く圧《へ》しかかる。

たとえ何があろうとも、哀れな藤の小君の二の舞を、邑にだけは絶対に踏ませるわけにはいかない。

『花は手折れば、必ず枯れる…』

今も胸に残る苦い教訓。

しかし、そうは思いつつも、このままでは何れ寿命が尽きて、須佐王は邑を永遠に失うことになってしまう。

結局、奪っても、奪わなくても、須佐王を待ち受けているのは、同じ結果でしかないのだろうか。

『どうすればよいのだ…』

迷い込んだ袋小路から出る術が、どうしても須佐王には見つけられないのだった。

＊　＊　＊

一方、須佐王とのことで、心が虚ろになった邑には、新たなる深刻な事態が訪れようとしていた。

きっかけは、極々つまらないことだった。

礼三が雇っているアルバイトの巫女の一人が、結婚するので辞めたいと申し出ているのを、たまたま社務所脇の廊下を歩いていた邑が小耳に挟んだのだ。

『へぇ、誰が結婚するんだろう…？』

容姿端麗が条件だけあって、近隣の町々から募った巫女のアルバイトは、何れも若く、田舎の村では珍しい美人揃い。

実のところ、一番の美人は、誰がどう見ても邑なのだけれど、そこは男子高校生だけあって、さすがに本人は無頓着だ。

そんな訳で、軽い好奇心に駆られた邑は、結婚するという美人の顔を、廊下からこっそり覗き見た。

たぶん、別の誰かだったら、その顔を見ただけで、邑の好奇心は満たされただろう。

しかしながら、襖の向こうに座っていたのは、いつぞや神社の境内で、須佐王に精気を吸われて恍惚となっていた女だった。

『あ、あの女…！』

忘れもしない、その白い顔。

本人は記憶を消され、何も覚えていない上に、須佐王に精気を吸われたこと自体、決して本人に落ち度があったからではないだろう。

それなのに、邑の胸には、彼女に対する理不尽な嫉妬心が燻《くすぶ》っていた。

以前の邑なら、絶対に考えつきもしなかったこと——。

けれど、気がついた時には、邑は自ら心にかけていた鍵を外し、彼女の未来を見透そうとしていた。

どういう経緯であれ、須佐王に触れられた女が、どんな結婚生活を送るものなのか、邑は知りたくなったのだ。

ところが——。

『え…っ!?』

邑はギョッとした。

いつもなら、簡単に見透せるはずの他人の未来が、その時に限って、まるで幕が下りたみたいに何も見えなかったのだ。

『え…？　だ、だって…？』

訝しく思いはしたものの、いつまでも社務所脇で覗きをやっているわけにもいかず、廊下の向こうから足音が聞こえてきたのをきっかけに、邑はあたふたとその場を離れた。

だが、その日を境に、邑は確実に力を失っていった。

長い間、異端のその能力によって苦難を強いられてきた邑にとって、それは本来、歓ぶべき変化のはずだった。

しかし、現実はどこまでも邑に苦難を強いるつもりらしい。

なぜなら、今や大金を稼ぎ出す打出の小槌である邑の能力は、強欲な礼三夫婦をはじめとする、一族の者たちには、なくてはならないものになっていたからだ。

「水垢離《みずごり》をさせろ！」

「禊祓だ！」

「いや、肉食を断たせるんだ！」

入れ替わり立ち替わり、やって来ては喚き散らす面々。

それでも有効な手立ては見つからず、困り果てた一族が出した結論は、能力が失われた邑を軟禁しつつ、次の巫女を探す手立てを考えようというものだった。

「目つきや表情も、どこか虚ろだし、こんな様子を誰かに見られてしまわないうちに、暫く療養所にでも入れてしまおう」

こうして、邑は長い潔斎《けっさい》に入ったという触れ込みで、人前から姿を消すことになった。

占いは、一度でも外れれば霊験あらたかというお墨付きを失うし、巫女が霊力を失ったなどと噂でも立とうものなら、それこそ、古くからある邑雲神社の信用は失墜して、二度と巨額の寄進を集められなくなってしまうからだ。

「そのうちに、力が戻れば儲けものだし、ダメな時には――」

一族の者たちの勝手な囁きを、邑はどこか他人事のように聞いていた。

ただ、軟禁場所が神社の外になると聞かされて、心のどこかで少しだけホッとしている自分を感じていた。

そう、結界が張られた神域を出てしまえば、邑は須佐王とは会えなくなる。

もちろん、永遠の別れなど考えられない邑だったけれど、心に疑心の塊である黒い鬼を巣食わせたまま、須佐王と見せかけの関係を続けるのには疲れてしまった。

少し時間と距離を置いて、邑は自分自身の心の整理をしたかったのかもしれない。

それでも、そう簡単には割り切れない想いが、切なく邑の胸の奥底で疼きだす。

『須佐王…』

離れると決めた虚ろな心にも、やはり、呼べば恋しい男の名前。

邑が秘密裏に神社から連れ出されたのは、大祓と、それに続く初詣の準備に人々が忙しい師走も末の出来事だった。

角盥に水を張り、その中に映し出される様子を矯めつ眇めつ眺めるのは、いったい何年ぶりのことだろうか――。

だが、それを覗き込む須佐王の心模様は、当時のものとは大きく様変わりしてしまった。水鏡に映し出されているのは、言うまでもなく邑の姿である。

＊　＊　＊

「思ったより元気そうだ…」

呟いて、須佐王は少し遠い目をした。

邑が近隣の県にある、邑雲の一族の者が関係する療養所とやらへ連れて行かれて、今日で一週間が経とうとしている。

拗ねても怒っても、三日もすれば邑の方から腕の中に飛び込んできたものを、こんなに長く顔を合わせずにいるのは、須佐王が藤の小君のことで、邑を避けて以来のことだ。

もっとも、あの時は須佐王の方から遠ざかったわけで、直接、顔を合わせることはなくとも、それとなく結界の狭間から姿を垣間見たり、夜半、こっそり寝顔を覗きに行くこともできた。

それが今回は、邑の方から結界の外へ出てしまったために、須佐王にできるのは、こうして角盥を覗き込んで、邑の無事を確認するだけだ。

「歯痒いことよ…」

それでも、未だに心を決めかねている須佐王にとって、気持ちが行き違ったままの邑と、白々しく上辺だけを取り繕った逢瀬を重ね続けていたのは、また別の意味で辛く、憂いの多いことではあった。

だが、やはり、どんなに鬱々として心が塞がれても、邑に触れられずにいることほど、心侘しいことはない。

但し、この状況が永遠に続くのかと思えば、とても耐えられるものではないが、邑が直に力を取り戻し、神社に帰されるのを須佐王は知っていた。

それというのも、邑に人の未来が見透せなくなったのは、須佐王とのことで深く心が乱れているからであって、その能力自体が失われたわけではないからだ。

とはいえ、心が定まらないままの須佐王と再会すれば、邑の心が再び惑いだすのは必至で、根本的な解決には至らないのも目に見えている。

「困ったものよ…」

邑を想えば想うほど、須佐王の心は定まりを失くしていくばかり。

ところが、悠長に思い悩んでなどいられない事態が、突然、邑の身を襲うことになった。


それは、初詣の賑わいも過ぎた三日の夕刻――。

邑雲神社の石段の下に、数台の黒塗りのベンツが乗りつけた。

ベンツから降り立った一団は、稲田寅吉の配下の者たちである、稲田組の構成員の面々だった。

「神主のジジイを引っ捕らえて、あの占いのガキ、引き摺りだしてこいや！」

幹部の命令一下、一斉に山頂の神社を目指す一団。

三箇日も明けやらぬこの時期に、彼らが形振り構わず、こんな片田舎にある邑雲神社にやって来たのには訳があった。

実は標《しめ》の内も終わる十五日の日に、稲田組も末席に名を連ねる西日本闘仁会《とうじんかい》のトップが、先代の死亡により、新たに選出される運びとなっているのだが、それに伴う勢力地図の書き換えで、稲田組は微妙な立場に置かれている。

そこで稲田組長は、西日本闘仁会からの脱退を視野に入れ、新たな活路を水面下で探っていたのだが、道を誤れば、当然のことながら組の存続はおろか、命さえも危うい。

ここを安全に乗り切るためには、百発百中の巫女を頼るしかないと踏み、もう一ヶ月も前から占いを申し入れしてきたというのに、未だに神社からの色よい返事がない。

痺れを切らした稲田寅吉は、ついに邑の拉致を部下に命じたのだった。

「時間がないんじゃ！　さっさとガキを連れてこんかい！」

ずらりと居並んだ強面の男たちが上げる怒号に、すっかり震え上がった礼三夫婦が、邑の居所をあっさり吐いてしまったのは言うまでもなかった。

療養所のベッドで眠っていた邑が、突然、押し入ってきた稲田組の連中に連れ去られたのは、翌日未明のことだった。

＊　＊　＊

あまりにも目まぐるしく変わる状況に、正直、邑はもうついていけない気分だった。

ただ、この寒い季節に、寝巻き代わりに着ていた浴衣一枚で担ぎ出されたのには、本当に参ってしまう。

おまけに、周囲を固めているのは、思い切りその筋の方々ばかりだ。

『ここって、やっぱり…？』

寒さと嫌な予感に立つ鳥肌。

両腕を胸の前で交差させて、邑は自分で自分の軀を抱き締めた。

下の者を顎で使っている何人かには、どうやら見覚えがある。

『──稲田興業の人たちだ…』

やがて、邑が思ったとおり、奥からあの下卑《げび》た稲田寅吉が姿を現した。

「よぉ、巫女の坊や」

「…っ」

毛深くてごつい指に顎先を捕らえられて、邑は唇を嚙み締めて眉を顰めた。

神殿で、御簾の内側から向き合ってさえ嫌な男に、直に触れられた不快感。

未来を見透す力は失われていても、この男がわざわざ自分を攫ってこさせた目的なら、簡単に想像がつく。

どうせまた、邑に何かロクでもないことを占わせようというのだ。

「ちゃちゃちゃっと頼むぜ」

案の定、ヤクザの勢力地図を持ち出されて、誰に付くのが得策かと尋ねられて、邑は思い切り鼻白んだ。

とはいえ、呆れや不快感は別としても、現状には大問題があった。

そう、今の邑からは、肝心の能力が失われているのだ。

「――わかりません。何も見えないんです」

「何だと、このクソガキが…っ！」

正直に答えた邑に、轟々と浴びせかけられる罵声。

それから脅したり賺したり、何とか邑に占いをさせようとする稲田の攻めがはじまった。

しかし、いくら怒鳴られても、小突かれても、できないものはできない。

「力を失くしたから、療養所に閉じ込められてたんです…っ！」

指を切り落とすとまで脅しても、頑として言い分を変えない邑に、とうとう稲田も匙《さじ》を投げた。

どうしても占いができないというのであれば、早急に次の方策を講じなくてはならない。

「身代金だ！　あの神社には、このガキが占いで荒稼ぎした金が唸ってる！　一銭残らず出させろ！　その金を資金にして、次の手を考える！」

稲田の命令で、すぐ様、邑雲神社に邑の身代金を要求する電話がかけられた。

だが、その結果が、たぶん自分にとって芳しくないものとなるであろうことを、邑は既に予測していた。

現状、巫女として使い物にならない邑に、あの強欲な礼三夫婦が、せっかく貯め込んだお宝を吐き出すなんて、とても考えられない。

『もう、どうでもいい…』

閉じ込められた、窓もないコンクリート剝き出しの部屋に転がされた邑は、ひどく投げ遣りな気持ちに囚われていた。

浴衣に素足の足元から忍び入ってくる冷気。

乱暴に握られた手首や肩先は青痣になり、髻を摑まれて頰を張られたせいで、口の中が切れて血の味がする。

切り落とすぞと脅され、捻じり上げられた右手の人差し指は、どうやら折れてしまったらしく、腫れ上がってピクリとも動かない。

「痛い…」

呟いて、邑は床の上で丸くなった。

怖くないと言えば嘘になる。

軟禁された療養所から攫われた挙句に、支払われない身代金のせいで殺されるかもしれないと思えば、その理不尽さに腹も立つ。

それでも、「助けて!」と泣き叫ぶ気になれないのは、助かって、その後はどうなるのだという思いがあるからに違いない。

元の生活に戻っても、所詮、須佐王の心は手に入らない。

このまま年を取って容貌が衰えれば、最初から藤の小君ほど欲しくもなかった邑になど、須佐王は見向きもしてくれなくなるだろう。

そうなるのは、三年後なのか、五年後なのか――。

いや、もしかすると、それは来年かもしれず、邑はいつ来るのかわからない、その時を恐れながら生きるのだ。

それは、迎えに来てくれると言った須佐王を待って過ごした、あの幼い日々とはまるで違う、地獄のような毎日になるに違いない。

そして、ある日突然、須佐王に結界を閉ざされてしまった時、締め出され、棄てられた邑は、いったい、どうしたらよいのだろうか。

『いやだ、そんなの…っ！』

いつかそんな日を迎えるくらいなら、十七歳の今、殺されて時間を止められてしまった方が、ずっとずっと幸せだ。

殺される恐怖と苦痛は一瞬だが、手に入らない須佐王の心を渇望する想いは、邑が生きている限り続くのだ。

『須佐王…っ！』

胸の奥が切なく軋んで、邑は攫われてきてから初めて涙を溢れさせた。

ヤクザの怒号や暴力に対する恐怖よりも、須佐王を恋い慕う切なさの方が、遥かに優って邑の胸を締め付ける。

もし、ここで邑が殺されて、それで須佐王が少しでも邑の死を惜しんで哀しんでくれたら、もうそれだけで幸せな気さえする。

千年後、須佐王が儚く死んでしまった藤の小君を忘れていなかったように、邑のことも覚えていてくれたら――。

『須佐王、須佐王、須佐王…！』

切なさと自暴自棄の狭間で、邑は激しく咽《むせ》び泣いた。

＊　＊　＊

さて、こちらは天つ国――。

怒りの形相も激しく、角盥を蹴り飛ばして立ち上がった須佐王を、阿比と伊那が、その袿の裾にしがみついて止めようとしていた。

「主さま！　主さま…！」

「おやめください、主さま…！」

だが、銀灰色の瞳を閃かせた須佐王は、小さな従者たちを払い除けて渡殿を進んだ。

どんなに懇願されても、聞く耳などない。

それもそのはず、須佐王は角盥の中に映し出された、あの攫われ、傷つけられた邑の姿を目にしてしまったのだ。

『おのれ、人間どもめ！　皆殺しにしてくれるわ！』

憤怒のあまり、嵐の空にうねる龍のごとく逆立つ白銀色の長い髪。

白い額に浮き出た緋色の刻印が、激情に煽られていっそうの鮮やかさを増していく。

ところが、激しい嵐の神の本性も露わに、邑雲神社へと続く結界の入り口に立った須佐王を、独り呼び止める者があった。

月夜観である――。

「行くのか？」

「止めても無駄だ！」

「そうか」

月夜観は、暫《しば》し対峙した須佐王を見つめた。

『――死ぬる気か…』

激した内にも、静かな決意を覗かせている銀灰色の瞳に、月夜観は次に言うべき言葉を失った。

確かに、三貴子の一人にも数えられる、須佐王ほどの力を以てすれば、現し世の人間たちを根絶やしにすることなど容易い。

とはいえ、それほどまでの力があるからこそ、天つ国に棲まう者は、決して結界の外へ出てはならないのだ。

その禁を破って現し世で力を使えば、いかに三貴子といえども、大量の生命力を使い果たして衰えるのは必至。

つまりは愛しい童を救い出すのと引き換えに、この激しい嵐の神は、己の命が尽きるのを覚悟しているのだ。

『やはり、より酔狂なのは、我ではなく其方の方だ』

月夜観は微かな笑みを漏らした。

ある意味、これほど幸せな生き方はないではないか。

一方、自分を見つめたまま微笑んでいる月夜観に、須佐王は眉を顰めた。

「何をニヤついているのだ?」

詰問されて、月夜観は小さく肩を竦めた。

「いや、我は輝津馳のために、そこまでできるものかと思ってな」

月夜観の答えに、今度は須佐王が失笑を漏らした。

「其方はするさ」

「そうか？　我は輝津馳を泣かせて悦しむのが好きなだけだぞ？」

「他の者が輝津馳を泣かせたら、今の我より、其方は怒り狂う」

さらりと言ってみせる須佐王に、月夜観も失笑するしかなかった。

そうまで言われてしまっては、月夜観に須佐王を翻意させる術はない。

何しろ、須佐王の推測には、文句の付けようがないのだ。

「――死ぬるなよ…」

結界を潜り抜けていく須佐王の背中に、月夜観は餞《はなむけ》の言葉を呟いたのだった。


境内の玉砂利を白く照らす冬の月――。

御神木の前に降り立った須佐王は、その足で真っすぐ神殿へ向かった。

途中、バタバタと倒れていく、須佐王と鉢合わせした人間たち。

須佐王は構わず、神殿の妻戸を開け放つと、祭壇奥に隠された黒塗りの厨子から、神社の御神体として祀られている龍邑雲剣を取り出した。

その昔、須佐王が自ら倒した龍の尾より出でし剣――。

「参る！」

龍邑雲剣を携えた須佐王は、逆巻く烈風の中、嵐を呼ぶ龍の化身となって天空高く飛び立って行った。

＊　＊　＊

そして、再び稲田組、組事務所――。

監禁部屋から引き出された邑は、今、正に最期通告を受けようとしていた。

「おい、巫女の坊や、お前も運のないガキだのぉ？」

顔にかかる、煙草のヤニ臭い稲田の息。

「っ、く…」

髻を摑まれて顔を上向かされた邑は、必死に歯を食いしばった。

邑が思ったとおり、礼三夫婦は身代金の支払いには応じなかったらしい。

運のない邑は、ここで殺され、コンクリート詰めにされて海に沈められるのか、それとも、どこかの山林にでも埋められるのか。

『どうせなら…海の方が、いい…かな…』

そう思った邑の脳裏を掠めていったのは、遠く幼い日、初めて須佐王と出会った龍泉池の情景だった。

あの日、冷たい水に落ちた邑は、もうダメだと思った瞬間、温かくて力強い須佐王の腕の中に、すっぽりと抱きかかえられていた。

そして、今も鮮明に覚えている、あの時、須佐王の胸に鼻先を押しつけた邑の鼻腔いっぱいに広がった、芳しい香の香り。

龍泉池と海とでは、ずいぶん違うけれど、せめて水の底深く沈んでいった先で、須佐王の夢をみることができたら、どんなにいいだろうか。

そう、たとえ夢だとしても――。

『須佐王…また水の底で…僕を受け止めて…』

邑は目を閉じた。

今はただ、一刻も早く、永遠に覚めない幸せな夢の中へ逃げ込んでしまいたかった。

ところが、現実は最期まで残酷な事態を邑に残していた。

「このガキ、殺す前に犯《や》っちまいましょうよ」

「そりゃあ、いいい。少なくとも顔は、その辺の女よりずっとキレイだ」

「巫女やってたくらいだから、処女だろうしな?」

誰からともなく上がった、下卑た提案の声。

部屋中にいた男たちの視線が、薄い浴衣一枚で床に転がる邑の細腰に注がれた。

『そ、そんな…っ!』

邑は初めて、恐怖と絶望に青褪めた。

殺されるのは構わない。

けれど、須佐王しか知らない軀を穢されるのだけは、絶対に嫌だった。

「いっ、いやぁあ――ぁあっ…っ!」

浴衣の裾を捲って襲いかかってくる男たちに、邑は悲鳴を上げた。

こんな汚らわしい男たちに犯されてしまったら、須佐王は邑を心に留めて思い出すどころか、その死を悼んでさえくれないだろう。

「いやぁ…! 助けて、須佐王…っ! いやぁああっ…っ!」

断末魔のように上げられる、絶望の叫び。

男たちの手が下着にかけられた瞬間、邑は舌を噛み切る覚悟を決めた。

「ん、ぐ…っ！」

だが、その刹那、天空から怒りの雷が降り落とされた。

鋭く空間を引き裂いて、真昼のように閃いた雷光と、耳を劈《つんざ》いて鳴り響く轟音。

邑に群がっていた男たちは、一瞬にして、黒焦げの骸《むくろ》と化していた。

そして、烈風吹き荒ぶ暗雲の中から姿を現した、荒ぶる嵐の神、須佐王――。

「――っ…‼」

鞘から抜き放った龍邑雲剣を振り上げたその姿に、邑は零れ落ちそうなほど黒い瞳を見開いた。

雲間にのたうつ龍の胴体にも似て、激しく逆巻く白銀色の長い髪。

憤怒の表情も露わに、閃く銀灰色の眼差し。

「――須佐王…っ！」

邑が叫んだ瞬間、荒ぶる嵐の神は剣を振るった。

その途端、流星群のように降り注いだ雷の雨――。

「ぐわぁあぁあっぁあぁあっ…‼」

轟々と立ち上る業火の中、その場は阿鼻叫喚の巷と化した。

後には、骨どころか、髪の毛一筋残らぬ焦土。

一方、燃え盛る炎の中、間一髪のところを助け出された邑は、須佐王の腕に抱かれ、天空高く駆け昇っていた。

上空に吹く強い風に煽られ、襲の色目も艶やかに閃く袿の袖。

邑は必死に須佐王の胸にしがみついた。

『須佐王…！』

正に奈落の底から天国へと昇る心持ち。

夢ならば、永遠に覚めないで欲しかった。

激しく絶望し、打ちのめされながらも恋しくて堪らなかった須佐王が、心の底から助けて欲しいと乞い願った瞬間、悪鬼どもの魔の手から、邑を救い出してくれたのだ。

『ああ…！』

だが、歓喜に満ちた飛翔は、暫くすると、崩れるかのごとく失速を開始した。

やがて、翼の力を失ったかのように、須佐王が最後の力を振り絞って降り立った先は、邑雲神社の境内、御神木の松の大木の前だった。

「須佐王…っ！」

腕に抱いた邑を、無事に地上に下ろした途端、力なく上体を揺るがせ、その膝を地に屈した須佐王。

邑は驚きの声を上げた。

常に力強く、威風堂々として圧倒的な須佐王の、こんなにも覇気のない様子を目にするのは初めてのことだった。

しかも、須佐王はそのまま、邑にも被さるように、ガックリと首を折った。

「ど、どうしたの、須佐王…!?」

俄《にわか》に倒れかかってくる須佐王の大きな軀。

その広い背中に両腕を回し、必死に支えようと試みながら、須佐王の顔を見上げた邑はハッとした。

そこに邑が見たものは、明らかな衰え——。

いつも妖しく煌いている銀灰色の瞳に光はなく、その表情からは、完全に生気が失われようとしている。

「須佐王…っ!」

「そんな顔をするでない…」

須佐王は、今にも泣きだしそうにしている邑に微笑みかけた。

「心配せずとも、些《ち》と力を使いすぎただけだ…」

須佐王はそう言って、御神木にもたれかかるようにして、その根元に腰を下ろした。

「須佐王…！」

だが、邑の心はもう、恐慌状態寸前だった。

なぜなら、力を使いすぎたのだと、須佐王は確かにそう言った。

そんなにも厳然たる事実を、どうして今まで気づかずにいられたのか、邑は今更ながらに自分自身のおめでたい愚かしさが呪わしかった。

そうだ、邑雲神社の神域に張った結界からは出られないはずの須佐王が、その外で拉致監禁されていた邑を助けに来られるはずなど、最初から在り得なかったのだ。

それなのに、須佐王は取るに足らない人間でしかない邑のために、禁を犯して救出に駆けつけてくれた。

この目を覆いたくなるばかりの須佐王の衰弱ぶりは、禁を破って力を使い果たした報いに違いないではないか。

「どうしてこんなことしたの…！　僕なんか助けたって、どうせすぐに年老いて死んでしまう人間なのに…！」

問い詰めて、邑は必死に須佐王の袿の衿を握り締めた。

そうやって捕まえておかないと、須佐王は今にも力尽きて、その軀は霧となって消えてしまいそうな気がしたからだ。

しかし、どんなに爪が白くなるほど強く、邑がその袿の衿を握り締めても、須佐王の軀からは、零れ落ちていくようにどんどん生気が失われていく。

「いやだ、須佐王…！　どうして…！」

邑は泣きながら絶叫した。

須佐王がこんな姿になるくらいなら、邑の軀なんて、どれほど穢されても構わなかった。そもそも、あの時、邑は舌を嚙んで自ら死ぬつもりでいたのだ。

けれど、激しく泣き喚く邑に、須佐王は静かに首を振った。

「よいのだ、邑…愛しい其方のためなら、我の命など惜しくはない…」

「須佐王…！」

「其方を愛している…だが、我の愛は、人間の其方には過酷な運命を強いてしまう。其方を天つ国へ連れ去るのを躊躇っていたのは、我の愛が、何れ其方を苦しめると知っていたからだ…」

そう言って、須佐王は泣き濡れている邑の白い頰にそっと触れた。

「だから、其方が泣くことはない。すべてはこれでよかったのだ。我に愛されたせいで苦しむ其方を、我は見ずに済んだのだからな…」

愛しげに自分を見つめて、その口許に満足げな笑みさえ浮かべている須佐王に、邑は激しく首を振った。

すべてはこれでよかったなんて、そんなこと絶対に在り得ない。

邑が須佐王に愛されたせいで苦しむなんて、そんなのは、須佐王だけの勝手な思い違いに決まっている。

だいたい、天つ国で永遠の時を生きるはずの須佐王が、こんなところで力尽きるはずはないではないか。

「ねぇ、天つ国へ帰ろうよ…！　そうしたら、また元気になるんでしょう？　お願いだよ、須佐王…！　お願いだから、立って…！　立って、天つ国へ帰るんだ…！」

邑は渾身の力を込めて、須佐王の軀を揺り動かした。

引き摺ってでも、須佐王を天つ国へと続く結界の入り口まで連れて行く。

天つ国へ渡ることさえできれば、あちら側には月夜観がいる。阿比や伊那がいる。きっと誰かが何とかしてくれるはずだ。

「須佐王、お願い…！」

だが、邑の力では、力尽きようとする須佐王の軀はビクともしなかった。

いよいよ迫り来る絶望の時——。

追い詰められた邑が、狂気に駆られそうになった瞬間、一つの考えが脳裏に浮かんだ。

そうだ、月夜観や阿比や伊那に頼るまでもない。

この現し世には、須佐王の活力源となる精気が、いくらでもあるではないか。

「須佐王！　僕の精気を吸って！　元どおりになるまで吸って…！」

叫んで、邑は浴衣の衿を大きくはだけた。

いつかこの境内で巫女の女にしていたように、喉元に喰いついて、有りっ丈の精気を邑の軀から吸い尽くして欲しかった。

それなのに、首筋から胸元まで露わにした邑に、須佐王は触れようとはしなかった。

「どうして…！　お願いだから、僕を食べてよ…！」

幼い日にそうしたように、必死に懇願する邑に、須佐王は懐かしさを覚えて笑みを浮かべた。

「駄目だ、邑…この状態で其方を喰らえば、我は其方を殺してしまう…それでは、何のために其方を救いに行ったのかわからぬではないか…」

「いいよ、食い殺して…！　須佐王だけ死なせるくらいなら、ここで僕も一緒に死ぬ…！一緒に死ぬから、僕を食べてよ…！」

「聞き分けのない、困った童だ…其方のためなら、我の命など惜しくはないと言ったであろう…？」

頑是無い子供のように駄々を捏ねる邑に、須佐王は力なく苦笑を漏らした。

とはいえ、捨て身の邑からすれば、聞き分けがないのは須佐王の方だ。

「僕だって、須佐王のためなら、命なんか惜しくない…！　僕も須佐王と同じ気持ちだって、どうしてわかってくれないの…！」

「邑…」

「僕は須佐王と一緒にいたい…！　ずっと、ずっと、一緒にいたい…！　僕の望みはそれだけなのに…！」

瞬間、邑は自分自身の言葉にハッとした。

そうだ、邑の望みは最初から、唯一、それだけだった。

但し、それは須佐王と一緒に「死にたい」ということではなかったはずだ。

本当に邑が望んできたことは、ただ一つ――。

「須佐王、お願い…！　僕と一緒に生きて…！　生きるために僕を食べて…！　それで僕は死んだりしないから、須佐王も自分だけ死んだりしないで…！　ずっと僕と一緒に生きるって言って…！　お願いだから…！」

今、ここにある、有りっ丈の想いを込めて、邑は須佐王に懇願した。

どちらも何れは尽きる命なら、ともに生きる道にすべてを懸けたい。

「須佐王…っ！」

叫んだ刹那、光を失っていた須佐王の瞳に、あの翡翠の色を帯びた銀灰色の閃きが蘇ってきた。

愛する者と、ともに生きることへの飽くなき執着と渇望――。

「邑…！」

「あああ…っ」

白い首筋を襲った官能の一瞬。

熱く脈打つ邑の命が、須佐王の内へと迸り、流れ込んでいく。

自戒を解き放った須佐王は、貪り尽くすように激しく邑を求めた。

「邑…！」

「あ、ん…」

その細身に形ばかり纏わりついていた浴衣を剝ぎ取り、白い裸体を自ら脱ぎ捨てた袿の上に横たえた須佐王は、思う様、欲望の牙を剝いた。

艶やかな緋色の嚙み痕を残した白い首筋から、鎖骨の窪みを伝って、薄い胸を淡く彩る小さな二粒の胸飾り――。

這わせた舌先で丹念に押し潰し、やがて、硬く凝《しこ》ってきたところを、鮮やかな紅珊瑚の色になるまで吸い上げてやる。

「ん…んっ…ぁ…っ」

胸を反らせながら漏れ出す、あえかな吐息。

ツンと尖った先端に歯を立ててやりながら、須佐王は邑の下腹へと指を滑らせた。

「やっ、ぁあん…っ」

思ったとおり、まだ触れられてもいないうちから、その先端に透明な蜜を湛えて息づきはじめていた小さな花芯。

「はしたない童だ」

「は…っ、あっ、ぁんっ…」

「もうこんなに零して」

「ひ、ぁん…っ」

指を這わされ、その裏側を、下から上へとくすぐるように辿られる小さな昂り。

扱くまでもなく、何度かそれを繰り返されただけで、堪え性のない邑の花芯は、須佐王の長い指をしとどに濡らしてしまった。

「や…っ…あぁっ…」

羞恥に震えながらも、更なる愛撫と刺激を待ち望んでいる淫らな欲望。

その望みどおり、須佐王は放ったばかりの蜜に濡れている花芯の先端に口づけた。

「っ、あ…ふぅ…っ…」

鈴口に残る甘露の蜜を残らず舐めとり、舌先でその小さな窪みを弄ってやる。

「あっ、あっ…ん、や…っ」

切なげに揺れて浮き上がる細腰。

花芯を軽く唇に挟み込んで愛撫してやりながら、須佐王は浮いた双丘の狭間を、蜜に塗れた長い指で探った。

「ひ、ぁんっ…っ！」

まだ咲くことを知らぬかのごとく、固く窄まったその外見は慎ましやかでありながら、濡れた指の挿入を歓喜して受け入れる淫らな内襞。

花芯の根元から、ぷりりと張りのある果実をしゃぶりつつ、須佐王は指の抽き挿しを開始した。

「あっ、やっ…やぁ…っ」

切なく締め付けてくる感触を存分に悦しんでは、ヌプヌプと押し引きして、きつい窄まりを奥まで淫らに解きほぐしていく。

「あっ…あっ…も、ぉ…っ！」

やがて、たっぷり三本の指を頬張ったそこに、須佐王は笑みを漏らした。

「もう指では足りまい？」

「ひ、ぁあんっ…」

「どうするのだ？」

意地悪く尋ねられて、邑はその黒い瞳を欲情に潤ませながら、須佐王の指貫に手を伸ばした。

着衣の上からも、はっきりそれとわかる猛々しい膨らみ。

『大っきい…！』

おずおずと身を起こして体勢を入れ替えると、邑は帯を解いて引き出した須佐王の剣に両手を添えた。

それから四つん這いに屈み込んで、恐る恐る逞しい先端部分に舌を這わせる。

「ん…ふっ…っ」

唇に含もうとしてすぐに諦め、後はミルクを舐める仔猫のように、ピチャピチャと音を立てて薄い舌を蠢かせる。

「愛い子だ」

髻から乱れ落ちる黒髪を優しく掬い上げてやりながら、須佐王は幼い奉仕に熱中する邑の様に銀灰色の瞳を細めた。

よい子には、特別念入りに褒美をやらねばならない。

「どれ」

須佐王は邑の顔を上げさせると、細い軀を返して、御神木の松の大木に縋る格好で両手をつかせた。

そのまま、膝をついて突き出させた尻を両手で掬い上げ、背後からズブリと一気に串刺しにする。

「――あ…あぁっ…！」

高く上がる、苦悶と悦楽が綯《な》い交ぜになった嬌声。

狭い内襞を押し拓き、その根元まで突き入れた肉の剣で、須佐王は思う存分、邑の尻を犯した。

「ひ、あぁあっ…っ…！」

一突き毎に、ぞわぞわと酷いほど高まる官能の痺れ。

熱く猛々しいもので内襞を擦り上げられ、奥まで掻き乱される堪らない心地よさに、邑は背後から突き上げられる度に、花芯から甘露の蜜を迸らせた。

「あっ、あっ、あぁあっ…っ！」

浅ましくも、御神木の幹をも穢す迸り。

気も狂わんばかりの心地よさに、邑は須佐王を呑み込んだまま、自ら腰を揺らめかせた。

慎みも羞恥も吹き飛ぶ忘我の極み。

灼けるような疼きに堪えかねて、邑は夢中で須佐王にねだった。

「あっ、あっ…奥に…！　奥に、ちょうだい…っ！」

瞬間、一際叩きつけるように突き入れられた剣から、熱い欲望の迸りが邑の軀の奥深くへ撃ち込まれた。

「ひっ、ぁああっ…っ…！」

ごぷり、と淫らな音を立てて、剣を呑み込んだままの蕾から溢れ出す滴り。

目蓋の裏に極彩色の閃きが走ったのも束の間、邑は少しも衰えない剣の脈動に、あられもない声を上げた。

「あっ、あっ…また…！　また、来る、ぅうっ…っ！」

堪えようもなく飛沫き続ける花芯。

達《い》っても、達っても、またすぐに新たな疼きが生まれ、背筋から脳天まで突き抜けるような快感が、邑を犯し続ける。

「邑、まだだ…！　もっと、もっと…奥まで…！」

「あ、やっ…やぁあ…っ…！」

永遠に終わりを迎えることがないかのような、凄まじい官能と悦楽の時――。

やがて、須佐王に貪り尽くされた邑の躯には、一滴の精気すら残されていなかった。

すべてを喰らい尽くされ、空っぽになった現し世の器。

須佐王とともに生きる新しい命が、邑の内で芽生えはじめていた。

＊　＊　＊

さて、須佐王と邑――その後の二人はどうなったのか――。

まず、自戒を解き放ち、邑の精気を吸い尽くした須佐王は、もちろん、無事に復活を遂げ、少しも損なわれることなく息災に過ごしている。

問題は、現し世に生きる人間としての生を、須佐王に捧げ尽くした邑の方だ。

「たぶん…僕ってもう、普通の人間じゃないんだよね…？」

わざわざ尋ねてみるまでもなく、既に普通の人間では在り得ない状況を、いくつか経験済みの邑。

最初に驚いたのは、あの須佐王との交わりの後、稲田組でつけられたはずの傷が、すべて跡形もなく消えていたことだった。

青痣だけならまだしも、切れた口の中はもちろん、折れた右手の人差し指さえも、その痕跡すら残さず治っていて、邑は目を丸くした。

それも、本当に気づかぬうちに、あまりにも自然に治っていたから、暫くの間、邑は稲田組で痛めつけられたこと自体を忘れていたほどだ。

それともう一つ、どういう加減かはわからないのだけれど、邑はあの後、運営の実権を握っていた礼三夫婦を、この邑雲神社から追い出すことに成功した。

邑が二人を睨んで、もう出て行ってくれと言うと、なぜか二人は逆らえず、あの長い長い石段のところから、鳥居の内には入れなくなってしまったのだ。

どうやら、須佐王の結界が張られた邑雲神社の神域には、邑の許しを得られない者が入ることはできないらしい。

とはいえ、藤の小君の例から考えると、邑自身も神域からは出られないはずで、人間としての生活には、甚だ支障を来していた。

「ねぇ、学校へ行っちゃダメ？」

「駄目に決まっておろう」

「でもでも、藤の小君が塵になってしまったのは、天つ国で何百年も過ごしていたからなんでしょう？　僕の場合は、結界の中といっても、神社自体は現し世にあるんだから、今までどおり、天つ国で何日も寝泊まりさえしなければ、大丈夫なんじゃないの？」

「それは――」

食い下がる邑に、須佐王は渋々、その可能性はあると答えてくれた。

当然のことながら、どうしてもそれを確かめてみたくなった邑は、ある日、好奇心に負けて、とうとう鳥居から一歩を踏み出してみた。

最初は恐る恐る、石段を一段、五段、十段と下りていった邑。

けれど、百段まで下りても、躯には何の変調も見られず、邑は自分の推理が正しかったことを確信し、思い切って学校まで行ってみた。

邑が果たした向こう見ずな行動を知った須佐王は、「もし其方の推理が外れていたら、どうするつもりだったのだ！」と、烈火のごとく怒ったけれど、何事も、終わりよければすべてよしである。

そんな訳で、邑はこれまでどおり高校に通い、放課後には、須佐王の不興を買いつつも、友達の小暮幸弘と寄り道などして過ごしている。

こんな邑は、果たして、本当に不老不死となって、永遠の時を生きることができるのだろうか。

実のところ、まだまだ半信半疑でいる邑なのだけれど、現在の心配事はといえば、仮に不老不死になっているとしたら、もうこれ以上背も伸びず、いろいろ微妙なところも成長しないのだろうかということだった。

「蜜を溢れさせると、愛らしく半分だけ顔を出す、昔と変わらぬ幼姿の其方の花芯、我は好きだぞ?」

「僕は嫌なんだったらぁ…っ!」

広げた檜扇の陰で、そっと囁きかける須佐王に、邑は真っ赤になって口を尖らせる。

すべて、世は事もなく平和な毎日——。

邑雲神社の境内では、明るい春の陽ざしを受けて、玉砂利が白く輝いていた。

二の巻　天つ国浪漫譚

嫌われ者だけれど、やんちゃで可愛い火の神の子供――。

月夜観と、そんな輝津馳の交わりは、ふとしたきっかけと酔狂からはじまった。

「何を騒いでいるのだ、仔兎《こうさぎ》ども」

月の宮に棲まう夜の神、月夜観は、寝殿母屋の昼御座《ひのおまし》にいても聞こえてくる庭先の騒々しさに、奥から広廂《ひろびさし》まで進み出てみた。

思ったとおり、庭先には月の宮に仕える眷族、兎の精霊の子供らが大勢集まっていた。

但し、騒ぎの大本は、真っ白な仔兎たちの真ん中で、真っ赤な巻き毛の髪を逆立てている獅子の仔、いや、猫の仔のようだった。

大勢の仔兎たちを向こうに回して、爛々と光り輝く琥珀色の瞳。

その口許には、目一杯の闘志を示してか、小さく尖った二本の牙が覗いている。

華奢で小柄な軀つきから推察するに、年の頃は、せいぜい十二、三歳といったところだろうか。

なかなかに健気で果敢な様子ではあるけれど、所詮は子供同士の喧嘩に過ぎない。

『我には関わりのないこと』

一旦は、そう思った月夜観だったが、愛らしく垂れた白い耳に噛みつかれて、一匹の仔兎が悲鳴を上げたのを目の当たりにしては、黙って見過ごすわけにもいかなくなった。

「これ、乱暴はよさぬか」

仕方なく庭先へ降りた月夜観は、仔兎の耳に噛みついて放そうとしない仔猫の首根っこを摘み上げた。

果たして、救い出した仔兎の耳からは血が滲み出し、その白い毛を赤く染めている。

多勢に無勢とはいえ、猫と兎では最初から勝負の行方は明らかだ。

「これでは弱い者いじめと然して変わらぬ。怪我をさせた仔兎に謝ってやれ」

けれど、諭してやった月夜観に対して、仔猫はますます毛を逆立てて暴れるばかりだ。

「煩い！　そんな忌々しい耳、食い千切ってやるんだ！」

「なんと気の荒い仔猫よ」

「俺は火の神の輝津馳だ！　仔猫なんかじゃないやい！」

そう言って、膝小僧が覗く位置で裾括りした指貫から伸びた二本の脚を、思い切りバタつかせる仔猫。

なるほど、天つ国でも有名を馳せる、乱暴で嫌われ者揃いの火の神の一族の子供なら、この物怖じしない威勢のよさにも頷ける。

だが、向こう見ずな怖いもの知らずは、時として手痛いしっぺ返しとなって己の身に返ってくるものだということを、輝津馳は学んでおくべきだった。

「どうあっても謝らぬ気か？」

「謝るもんか！　弱っちい、そいつが悪いんだ！」

「ほう？　弱い者が悪いのか？」

「そうさ！　畜生、放せっ！」

声を荒げて噛みつくと、輝津馳は水干の衿を摑んだ月夜観の白い指に爪を立てた。

「っ…！」

瞬間、美貌で知られる月夜観の眉間に浮かべられた不興の色。

月夜観の長く美しい指に、一筋の赤い糸が伝った。

そして――。

「よかろう」

月夜観は輝津馳の衿首を放すと、その口許に妖しい笑みを浮かべて、白い指を鮮やかに彩る赤い血の筋に舌を這わせた。

「では、我が其方をいじめても、悪いのは我ではなく、弱い其方の方だということだな？」

庭の玉砂利に尻餅をついた輝津馳を見据える、夜の色に煌く危うい眼差し。

『あ…！』

本能的な恐れが、月夜観を見上げた輝津馳の背筋を駆け抜けていった。

だが、後悔しても後の祭り。

「泣いても喚いても許してやらぬから、よくよく覚悟するのだな？」

苛虐を好む好事家の瞳に魅入られた輝津馳からは、既にその魔の手から逃れる術は失われていた。


小さな軀を担ぎ上げ、そのまま寝殿奥に設えた寝所へ――。

天蓋付きの寝台のように四方に帳《とばり》を垂らした御帳台《みちょうだい》の中へ、月夜観は輝津馳の軀を投げ入れた。

それから、投げ出された褥《しとね》の上で慌てふためく小さな軀から、元は何色だったものやら、今はすっかり色褪せてしまっている水干を剝ぎ取ってやる。

中から出てきたのは、半人半獣の幼い姿。

「ほぉ？　生まれたままの姿は、なかなか愛らしいではないか」

月夜観は瞳を細めた。

天つ国に棲まう者は、身に備わった霊力の強さによって、その姿を決定する。

月夜観や須佐王のように、優れて霊力の強い者は、若く美しい成人の姿を保ち続け、それほどではない者は、童子の姿であったり、それぞれの眷属の血を色濃く反映した獣身を表している者も少なくない。

そして、この火の神を名乗る輝津馳は、童子の姿である上に、眷属の痕跡も明らかだ。褐色の肌に猫の耳。琥珀色の瞳は御帳台の中で金色に光り、小さな尻からは長い尻尾まで生えている。

真っ赤な炎を思わせる巻き毛は、いかにも火の神の子だが、この愛らしい仔猫のような獣身は、また別の血を受け継いでいるに違いない。

「其方の母は、獅子神に仕える精霊か？」

「う、煩いっ…！」

尋ねた月夜観に向けられる、尖った爪と小さな牙。

「やれやれ、其方には躾が必要だな」

呆れ半分に呟いて、月夜観は紅色に染めた絹の組紐を取り出した。

「気の荒い動物を躾けるには、まず、どちらが主人か、その軀にたっぷり叩き込んでやらねばな」

「あっ…！　な、何を…！」

抗おうとする細い手首を捕まえて、爪を立てられないように縛り上げると、月夜観は輝津馳の細い軀を抱き上げた。

そのまま、胡坐をかいた中に座らせ、両脚をそれぞれ膝の上に乗せる格好で開かせる。

「何するんだよ…っ！」

当然のことながら、憤慨して立ち上がろうとするのを、月夜観は厳しく諌めた。

「閉じるな！」

「ひ…っ！」

開かされた脚の付け根に、躊躇なくきつく食い込まされた長い指。

小さな果実を握り潰されてしまいそうな鋭い痛みに、輝津馳は息を詰めた。

「いっ、痛い…！　は、放し…て…っ！」

「泣いても喚いても許してやらぬと、言ったはずだぞ？」

「ひ、ぃいん…っ！」

後ろ抱きにした月夜観の腕の中で、激しくのたうつ仔猫の軀。

一頻り容赦なく苦痛を与えたところで、月夜観は甘く輝津馳の耳元に囁きかけた。

「これからは我の言うことを聞くか？」

もう我慢も限界だった輝津馳は、訳もわからず、ひたすらカクカクと頷き続ける。

「今度、勝手に脚を閉じようとしたら、次は爪を立てるぞ？」

「うん、うん…！」

ただただ、果実に加えられている酷い戒めを緩めて欲しいばかりに、琥珀の瞳に涙を滲ませて頷く輝津馳。

「よい子だ」

月夜観は笑みを浮かべて、痛みにすっかり寝てしまっている輝津馳の猫耳に口づけてから、ゆっくりと果実の戒めを解いてやった。

ようやく果たされた解放に、一気に脱力する小さな軀。

月夜観は透かさず、竦み上がっている輝津馳の花芯に指を絡めた。

「おや、ここは獣の形ではないのだな？」

「…っ！」

「どれ、可愛い花芽を剝いてやろう」

「や、ん…！」

芽生えを促す先端部分への刺激に、思わず腰が引け、反射的に閉じようとする両の膝。

その途端、厳しい一喝が輝津馳の鼓膜を襲った。

「閉じるな！」

「うっく…」

爪を立てられるかもしれない恐怖に怖気上がり、おずおずと左右に開きかけた膝頭に、月夜観は更に厳しく命じた。

「もっとだ！」

「えっえっ…」

「同じことを何度も言わせるな！」

「う、ぇええっ…」

結局、股関節が外れそうなほど、自ら大きく脚を開かされた輝津馳は、恥ずかしく露出した無毛の股間を、思う様、背後から弄る月夜観の手に嬲られることになった。

「あっ、あっ…い、やぁ…っ」

巧みに擦り上げられる度に、顔を出した鈴口の割れ目から溢れ出す透明な蜜の滴り。浅ましく漏れ出す声を止められない。

クチュクチュと淫らな音を立てて扱き立てられる刺激に堪えかねて、輝津馳は自らの手首を戒める絹の組紐を噛み締めた。

「んっ、んっ…っ…」

しかし、声は抑えられても、今にも恥ずかしく弾け飛んでしまいそうな昂りを誤魔化すことはできない。

「姿は童のままでも、働きは一人前か?」

「あ、くぅ…ん…っ」

「淫らな仔猫だ」

意地悪な囁きと相俟って、繰り返し施される手淫に、輝津馳の限界はすぐに訪れた。

「あ、ぁんっ…!」

月夜観の長い指をしとどに濡らして、恥ずかしく蜜を飛沫いた花芯。

輝津馳は切なく背筋を撓らせて、背後から抱く月夜観の胸にその後頭部を押しつけながら身を震わせた。

「はっ、はっ、はっ…」

浅い呼吸に忙しなく喘ぐ薄い胸。

空気を求めてしどけなく開いた唇からは、紅色を帯びて悩ましい仔猫の舌が覗いている。

『これはなかなか』

その様を上から見下ろす月夜観の瞳に、淫らな欲情の色が滲んだ。

跳ねっ返りの生意気な仔猫に、灸を据えて懲《こ》らしめてやるだけのつもりでいたが、もう少し仕置き自体を悦しむのも悪くない。

月夜観は蜜に塗れた指を、輝津馳の開ききった股間の奥へと忍ばせた。

「ひっ、ん…っ！」

鋭く上がった声とともに、電気が走ったように毛を逆立てた長い尻尾。

月夜観は構わず、探り当てた小さな窄まりの入り口を、濡れた指先でクニュリ、クニュリと擦り上げた。

「あ…ッ！　あ、ぅんっ…っ！」

「なんだ、前より後ろの方が気に入りか？」

「あっ、あっ…ぁうぅ…ッ！」

「そんなに悦ばれては、仕置きにならぬな？」

「あっ、あっ…あぁん…っ！」

深々と突き入れられた長い指を、ヌプリヌプリと出し入れされる度、切なげに迸る咽び泣き。

ピンと立ち上がった尻尾が、擦られる肉襞への刺激と呼応して、ビクビクと痙攣して止まらない。

奥まで挿入された二本の指を、輝津馳は必死に締め付けた。

「あん、あん、あぁん…ッ！」

掻き乱された軀の奥が、もどかしいほど切なくて堪らない。

身悶えながらしゃくり上げる輝津馳に、月夜観が囁きかけた。

「楽にして欲しいか?」

「うん、うん……!」

誘うような月夜観の問いかけに、無我夢中で頷き続ける輝津馳。

月夜観は笑みを浮かべた。

「では、尻を高く上げて這え」

「あ、ぁんっ……!」

背を押され、前へ投げ出された輝津馳は、褥の上に突っ伏した。

けれど、両の手首を戒められているせいで、うまく上体を支えることができない。

結果、輝津馳は命じられたとおり、月夜観の前に尻だけ高く上げた恥ずかしい姿で這うことになってしまった。

「すっかり蕩けて、いやらしい割れ目が、まるで熟れた柘榴《ざくろ》の実のように赤いぞ?」

「や、ん…っ」

だが、そんな意地悪な揶揄に恥じ入っている暇は、輝津馳にはなかった。

なぜなら、尾を摑んで尻を引き寄せた月夜観の雄身が、輝津馳の秘所を一気に刺し貫いたからだ。

「――きゃ…ぁあんっ…っ！」

一際高く響き渡った仔猫の咆哮。

その想像以上にきつい締まり具合に、突き入った月夜観は僅かに背筋を震わせた。

「其方、未通児であったのか？」

「ひっ、ひっ…ひ、ぁあんっ…！」

「では、特別念入りに可愛がってやろう」

「あっ、あっ…あぁあ――っ…！」

小さな尻を引き裂いて、無慈悲に開始された抽挿。

けれど、与えられる責め苦とは裏腹に、輝津馳の花芯からは甘い蜜が溢れ出し、鋭く突かれる度に、悦びの飛沫が飛び散るばかり。

「あん、あっ…も、ダメ、ぇ…ッ…！」

瞬間、軀の奥深くを熱い迸りに撃ち抜かれて、輝津馳は尾を激しく痙攣させて果てた。

「あっ、あっ、あっ…」

遠退きそうになる意識を引き戻して、ズルリと軀の最奥から抽《ひ》き出される月夜観の雄身。

褥に突っ伏した輝津馳は、文字どおり息も絶え絶えだった。

一方、そんな様を満足げに見下ろしながら、身仕舞いをした月夜観は、やがて横たわる輝津馳の足首を摑んで持ち上げた。

「や、やぁ…！　な、何…っ!?」

怯えた声を上げて抗おうとするのを軽く往《い》なして、月夜観は犯したばかりの輝津馳の軀を改めた。

「心配はいらぬ。少し酷い色に腫れているが、裂けてはおらぬからな」

「あ…」

そこを労わるようにそっと懐紙で拭われて、輝津馳は唇を噛み締めた。

解かれる手首の戒め。

用済みになった軀など、縛ったまま裸で庭の玉砂利に打ち捨てられるものと思っていた輝津馳は、おずおずと月夜観を見上げた。

「どうした？　痛むのか？」

「う…」

酷いことをしたのは月夜観なのに、そんな風に優しくあしらわれると、なぜだか胸の奥がキュンと切なく疼きだす。

当惑して瞳を伏せた輝津馳に、月夜観はふっと笑みを漏らして、脱ぎ散らしたままになっていた輝津馳の水干を手に取った。

裸の背にかけてやろうと思ったのだが、手にした水干はあちこち裂けて擦り切れ、ひどい綻びようだ。

手荒に扱ったのは認めるものの、輝津馳の水干を破ったのは月夜観ではない。

『やれやれ、どこの垣根を突っ切ってきたのやら…』

いかにもやんちゃな仔猫のやりそうなことと、月夜観は自らの想像に苦笑を覚えた。

家に帰れば、繕いものをしなくてはならない母親に、こっ酷く尻を叩かれる輝津馳の姿までもが目に浮かぶ。

「これでは母に叱られるのではないか?」

だが、可笑しくも微笑ましい月夜観の想像は、一つも当たっていなかった。

なぜなら、輝津馳は乱暴者の火の神が、獅子神に仕える手弱女《たおやめ》に横恋慕した挙句、攫って犯した結果、生まれてしまった災いの子で、その後も獅子神の宮に置いてもらってはいるものの、母からは激しく憎まれている。

おまけに、半分しか火の神の血を引いていない輝津馳は、火の神の一族からも異端視されて、仲間として受け入れてもらえずにいるのだ。

母には嫌悪され、周囲からは乱暴者の血を引く鬼子と疎まれながら、当の一族からは出来損ないと蔑まれる日々。

色褪せた水干が裂けているのは、輝津馳を嫌う者たちとの喧嘩が絶えないからだ。

『誰も彼も、みんな俺を嫌う……！』

輝津馳は血が滲みそうなほど、きつく唇を噛み締めた。

今日のことも、綺麗な瑠璃色をした蝶を追いかけるまま、ここの庭先に迷い込んだところを、「鬼の子は出て行け！」と、仔兎どもから一斉に玉砂利を投げつけられて、それで大立ち回りとなったのだ。

しかし、こうして実情を訴えてみたところで、どうせ月夜観は輝津馳の弁など信じてくれはしないだろう。

獅子神の宮でも、精霊の子らと悶着を起こせば、その理由や経緯に関係なく、打ち据えられ、罰せられるのは、いつも決まって輝津馳だ。

裁きを下す獅子神はもちろん、泣きながら縋りついた母ですら、輝津馳の言い分になど耳を貸してくれはしないのだから――。

「だから、俺に母など居らぬ……！」

叫んで、輝津馳は月夜観の手から水干を奪い取った。

もうこれ以上、誰かからいい様に苛められるのは嫌だった。

どうせ月夜観だって、仔兎の耳の怪我は案じても、犯した輝津馳のことなど、すぐに忘れて踏みつけにするのだ。

『早く、早く、出て行かなくちゃ…！』

溢れてきそうになる涙を手の甲でゴシゴシ拭って、輝津馳は綻びだらけの水干に袖を通そうとした。

ところが――。

「そのような襤褸《ぼろ》、もう身に纏うな」

「あっ…！」

再び取り上げられた水干に、輝津馳は、やはり裸のまま打ち捨てられるのかと、琥珀色の瞳に絶望の色を滲ませた。

あの小憎らしい仔兎どもが嘲笑う中を、惨めに犯された軀を曝して逃げ出さなくてはならないのかと思うと、悔しさと恥ずかしさで軀が震えてくる。

それに、どんなに色褪せた襤褸であっても、失くしてしまえば次の水干を手に入れる当てのない輝津馳にとって、これは死活問題でもある。

身包み剝がされたまま、どうやって夜露を凌いで生きていけばよいのか。

「お、お願い…返して…っ！」

もう意地を張っている場合ではない。

だが、涙を浮かべて取り組った輝津馳に、月夜観は思いも寄らない言葉を吐いた。

「心配せずとも、我がもっとよいのを新調してやる」

「え…？」

「我は其方の母にはなれぬが、其方の大事な花を奪った初開の男だからな？」

「…っ!?」

輝津馳は驚きに目を瞠った。

犯された輝津馳が未通児だったかどうかなんて、月夜観が本当に気に留めていたとは、俄には信じられない。

それでも、何事も酔狂が身上の月夜観は、笑みさえ浮かべて言葉を続けた。

「責任を取って、我が其方を飼ってやろう」

「え…？　で、でも…？　だって…？」

輝津馳は目一杯、困惑を露わにしたが、月夜観には取り合ってくれる風もない。

それどころか――。

「但し、我は褥では酷いやり方を好む」

「む、酷い…やり方…？」

「そうだ。だから、逃げるなら今のうちだぞ。一度、我の飼い猫になったら、二度とは逃がしてやらぬ。一生、我の褥で酷く啼かされることになるかもしれぬぞ?」

選択を迫って、輝津馳を見据える深い夜の色をした漆黒の眼差し。

『あ…』

輝津馳は身を震わせた。

頭では、着古した水干を返してもらって、一刻も早く、ここから逃げ出すべきだとわかっていた。

それでも、これまで誰も欲しがらなかった輝津馳を、二度と逃がさず、一生飼ってくれるという月夜観の言葉が、限りなく甘い誘惑となって輝津馳の心を魅了する。

「本当に…? 一生…? 俺、ここに居てもいいの…?」

「ああ、我の猫になるならな」

美しい月夜観が浮かべる妖しい笑み。

「泣いても喚いても、我が一生、其方を酷い目に遭わせてやろう」

瞬間、輝津馳は無駄な思考を停止させた。

今、ここから逃げ出しても、所詮、嫌われ者の輝津馳は、また他の誰かに酷い目に遭わされ続ける。

それなら、居場所を与えてくれるという、月夜観だけに苛められ続ける方が、ずっとよいのではないだろうか。

「――俺を…月夜観の猫にして…」

呟いた輝津馳に、月夜観が艶やかな笑みを浮かべた。

「では、褥で酷い目に遭わせる分、御帳台の外では、うんと優しく世話をしてやろう」

「や、優しく…？」

「そうだ、うんと優しくな」

産んでくれた母からも優しくされたことのない輝津馳には、ひどくピンとこない月夜観の言だった。

けれど、腑に落ちない顔をしたままの輝津馳を、月夜観は連れて行った湯殿で丁寧に洗い清め、喧嘩沙汰で擦り剝いた肘や膝小僧の手当てをしてくれた。

それから、月夜観は柘植の櫛を取り出し、くしゃくしゃに絡まった赤い巻き毛の処置に取りかかった。

「この髪に櫛を入れたことはあるのか？」

「な、ない…」

「そうもあろうな」

苦笑交じりに呟きながらも、根気よく梳ってくれる優美な手つき。

そんな優しい扱いを受けたことがない輝津馳は、石になったみたいにコチコチに緊張して、鏡台の前で身を固くしていた。

やがて、手に負えない巻き毛を器用に結い上げてくれた月夜観が、その髻に結んでくれた、深い茄子紺の絹糸を太く編み上げた飾り紐。

「新しい水干には、髪の色に負けぬ蘇芳錦《すおうにしき》がよいか…いや、其方の琥珀色の瞳の色に映えるよう、鮮やかな萌葱色の唐織物を仕立てさせるとしよう」

「あの…本当に新しいものを…?」

「我の飼い猫に古着など着せぬ」

即答する月夜観に、何年もの間、誰とも知れぬ者のお下がりを、それも着たきり雀でいた輝津馳は、信じられない心持ちのまま、ちんまりとその場に座ったきりでいた。

月夜観が言う、蘇芳錦も萌葱色の唐織物も、輝津馳にはどんなものなのか想像もつかない。

だが、何よりも輝津馳を驚かせたのは、後日、月夜観があの仔兎どもを詮議して、輝津馳に玉砂利を投げつけた所業を謝罪させたことだった。

「お、俺の言ったこと…信じてくれてたの…?」

震える声で尋ねた輝津馳に、月夜観が「当たり前だ」と頷いた。

「其方は可愛い我の飼い猫だからな」

「…っ！」

溢れてくる涙でグシャグシャになって、もう何が何だかわからない。

これまで誰も、輝津馳の言い分など取り合ってくれなかった。

ましてや、輝津馳の味方になってくれるなんて――。

「月夜観ぃ…！」

「これ、泣くのは褥の中だけにしてくれねば困る」

長い尻尾を震わせて飛び込んできた腕の中で、火の点いた赤ん坊のように激しく泣きじゃくる輝津馳に、お手上げだとばかり苦笑する月夜観。

輝津馳は生まれて初めて、自分以外の誰かに対して、慕わしいという感情を抱いた。

月夜観の腕に、ずっとこうして抱かれていたい。

酷くされても、痛くされても構わないから、ずっと離さず傍に置いて欲しい。

「月夜観ぃ…！」

輝津馳は必死に、その首にしがみついた。

「俺、ずっと月夜観の猫でいる…！　ずっと、ずっと、月夜観の猫でいるからね…！」

その胸に縋って掻き口説く輝津馳の心は、完全に月夜観のものだった。

られない。

＊　＊　＊

あれから、幾歳月――。

月夜観の飼い猫となった輝津馳の日常は、概《おおむ》ね平和で満ち足りたものだ。

とはいえ、褥では苛虐を好む月夜観の性癖には、時として激しく打ちのめされずにはいられない。

殊に、腰が立たなくなるほど嬲られた翌朝、御帳台の中で独り目覚める侘しさには、どうしても慣れることができずにいる。

そういう日には、午後遅くまで起きだせないこともままあるから、仕方がないのはわかっているのだけれど、目覚めた時、月夜観の腕の中にいられる幸せは、輝津馳にとっては何物にも換えがたいのだ。

それなのに、目覚めれば、今日もまた独り――。

『月夜観…？』

転がされた御帳台の中で独り目覚めた輝津馳は、失望のため息を漏らした。

昨夜は喉が嗄れるまで輝津馳を啼かせた月夜観の姿は、もうどこにも見当たらない。

軋む軀を起こそうとした輝津馳の視界に入ってきたのは、恋しい男の姿ではなく、その男が好んで使う、夜目にも鮮やかな紅色の縛り紐だった。

「痛、た、た…」

完全に腰が立たない。

おまけに、傷にこそなっていないものの、手足にはくっきりと戒めの痕が残り、酷い使役を課せられた後孔は、恥ずかしく痺れて感覚を失ったままだ。

「酷いよ、月夜観…」

呟いて、輝津馳は小さく啜り上げた。

月夜観が褥で意地悪なのはいつものことだけれど、昨夜はどんなに輝津馳が欲しがっても、結局、月夜観自身が輝津馳の蕾を刺し貫いて満たすことはしてくれなかった。

代わりに月夜観が使ったのは、太陽神の依り代として用いられる男根を模した祭具、日《ひ》矛《ぼこ》を造った石凝姥命《いしこりどめのみこと》に、特別に依頼して鋳造させたという異形の淫具。

いやらしい張形に犯されて、何度も蜜を飛沫せる輝津馳を、月夜観は「浅ましい猫だ」と言って嬲り、繰り返し辱めた。

それこそ、「もう月夜観が欲しい…！」と泣き喚いても、月夜観は輝津馳を酷い責め苦から解放してくれなかったほどだ。

その理由は、何となく輝津馳にもわかっている。

褥をともにする前に、輝津馳は月夜観の機嫌を損ねてしまったのだ。

それも、そうなることを、半ば予想しながら――。

『月夜観…どうして連れて行ってくれないの…？』

褥に突っ伏して、輝津馳は唇を噛み締めた。

脳裏に蘇ってくるのは、昨夜の出来事。

そう、夕餉《ゆうげ》の後、輝津馳は池に迫り出した釣殿で寛ぐ月夜観に、これまでにも何度か試みていた頼み事を、改めて申し出てみた。

月夜観が、それを快く思っていないのは承知していたが、池に映る満月は美しく、高欄の隙間から鯉に餌をやる月夜観の機嫌はとてもよさそうに思えた。

それに、褥で交わる時には意地悪で酷いことを好む月夜観も、それ以外の時には、基本的に輝津馳には甘いのだ。

「ねぇ、明日は俺も須佐王の館へ連れて行ってよ」

ねだり事を口にした輝津馳に、一瞬、顰められた月夜観の眉。

たぶん、そこでやめておけば、昨夜の凌辱は然程のものにはならなかったに違いない。

それなのに、輝津馳は途中で口を噤むことができなかった。

なぜなら、ひどく興味をそそられていることがあって、輝津馳はどうしても須佐王の館へ行く月夜観に同行したかったのだ。

「ねぇねぇ、いいでしょう?」

「駄目だ」

「どうして?」

「須佐王とは酒を飲む。其方が行ってもつまらぬだけだ」

にべもない返答に、輝津馳は口を尖らせた。

それというのも、輝津馳の目的は、酒席の馳走に与りたいわけではなく、このところ何かと噂の邑雲神社の少年と、どうにかして会ってみたいというものだったからだ。

『確か…邑という名だったな…』

月夜観と同じ三貴子である須佐王に愛されて、人間の身でありながら現し世を捨て、新たに天つ国の者となったという少年――。

噂好きの仔兎どもの話では、年恰好も、その邑という少年は輝津馳と大差ないらしい。

『まだ天つ国のことをよく知らない者なら、俺のことを嫌わないかもしれない…』

月夜観以外、誰もまともに相手をしてくれない嫌われ者の輝津馳にとって、須佐王のところに新しく来たばかりの邑は、もしかすると生まれて初めて友達になってくれるかもしれない少年なのだ。

それだけに、月夜観の不興を押してでも、輝津馳は邑に会ってみたかった。

輝津馳は食い下がった。

「ねぇ、酒席の邪魔はしないから」

「酒の席に、用もないのに童がいるだけで興醒めだ」

「じゃあ、お酌をするよ！　あの作ってもらったばかりの花緑青《はなろくしょう》の水干を着て、お酌をするから、それなら月夜観の役にも立つし、いいでしょう？」

輝津馳としては、我ながら悪くない思いつきだった。

須佐王に仕える阿比と伊那は、輝津馳よりも幼い風体だと聞き及んでいたから、召し使いの真似事さえすれば、月夜観も大目に見てくれると思ったのだ。

だが、それは大きな間違いだったらしい。

「あの花緑青の水干を着て、須佐王の酒席で酌をするだと！」

「え…？」

驚くばかりの輝津馳の前で、見る見るうちに険しくなっていく月夜観の表情。

「我の飼い猫の分際で…！　そのようなこと、二度と言えぬようにしてくれるわ！」

「あっ…！」

月夜観が露わにした強い不興に、池に映った満月も姿を消す一瞬。

乱暴に引っ立てられた輝津馳は、斯《か》くして酷い凌辱の夜を迎え、今は起き上がるのも辛いような状態になっている。

月夜観がここまで酷くしたのは、たぶん、今日になっても輝津馳が、またも「連れて行ってくれ！」と駄々を捏ねないように——。

『どうして…？』

輝津馳は何だか哀しくなってきた。

月夜観がそんなに嫌なら、酒席の邪魔はしない。

ただ、須佐王の館へ行けば、邑の噂だけでも耳にできるのではないかと、輝津馳はそればかりを念じていたのだ。

それなのに——。

『どんな子なんだろう…？』

会わせてもらえないとなれば、尚更に募ってくる好奇心と執着心。

夕方近くなって、やっと起きだせるようになった輝津馳は、普段は出入りを禁じられている塗籠《ぬりごめ》に忍び入ると、奥から黒漆塗りの鏡筥《かがみばこ》を取り出した。

筥の中に大切に仕舞われているのは、月夜観が愛用している八稜鏡だ。

勝手に筥を開ければ叱られるのはわかっていたが、この霊力の宿った魔鏡を覗き込めば、見たいと望む場所の様子を、輝津馳は月の宮にいながらにして垣間見ることができるのだ。

そして、もちろん、輝津馳が見たいのは、今頃は月夜観もいるであろう、須佐王の館の様子だった。

『月夜観…』

輝津馳は夢中で念じて、鏡の中を覗き込んだ。

果たして、そこには輝津馳が望んだとおりのものが映し出されていた。

長い黒髪も艶やかな、美しくも絢爛たる月夜観の姿。

愛らしく酌をして回る、双子のようにも見受けられる幼い童たち。

白金色の長い髪に、銀灰色の瞳を煌かせている美丈夫が、月夜観と同じ三貴子の一人だという嵐の神、須佐王に違いない。

そして、その傍らに寄り添う、花のごとく可憐な美童の姿——。

高貴な白磁の肌に、黒々と光り輝く円らな瞳。いかにも垢抜けた白菫《しろすみれ》色の水干が、楚々として優美な少年の瑞々しさを、いっそう見事に引き立てて美しい。

それに、翡翠の笄を飾った黒髪の、何と艶やかで麗しいことだろうか。

『これが邑雲神社の邑…！』

輝津馳は息を呑んで魅入った。

まるで雅やかな絵巻の世界を覗き込んでいるかのような、えも言われぬ華麗な景色。

聞こえるはずのない雅な金管の音色までもが、鏡の中の模様を見つめる輝津馳の脳裏を流れていくようだった。

「ほぅ…」

うっとりとして漏れ出る感嘆の吐息。

何もかもが完璧で、胸が震えるほどに、すべてが美しかった。

だが――。

『あ…』

不意に、輝津馳は気がついた。

この夢のように優雅な世界に、輝津馳の居場所はない。

こうして、鏡の外からこっそり覗き見ることはできても、輝津馳には実際にその場所へ行って、月夜観の隣に座ることはできないのだ。

『いやだ…!』

心が乱れた途端、鏡の中から消え失せてしまった美しい景色。

代わりに映し出されたのは、滑稽な飼い猫の顔だった。

高貴な白磁の色とは程遠く、浅黒く日焼けした褐色の肌に、獣の属性も露わな琥珀色の瞳。お世辞にも品がいいとは言い難い口許からは、小さく尖った牙までもが覗いている。いや、それどころか、耳は猫そのものだし、尻からは人にあるはずのない尾まで生えているのだ。

それに、このみっともなくクシャクシャに巻いた下品な赤毛ときたら――。

『俺は醜いんだ…！』

そんなことは今更なのに、輝津馳は愕然とした。

いくら綺麗な水干を誂えてもらい、念入りに髪を梳ってもらっても、輝津馳が月夜観の隣に座ったら、すべてはぶち壊しになってしまう。

美しい須佐王の傍らに寄り添うに相応しい、あの可憐で愛らしい邑のようには、輝津馳は逆立ちしたってなれない。

そう、醜い半人半獣の輝津馳は、麗しく艶やかな月夜観には相応しくないのだ。

そして、そのことは、きっと月夜観も知っている。

三貴子の一人にも数えられる、月夜観ほどに優れて強い霊力を備えた者が、戯れにしろ、輝津馳のような者を連れていれば、物笑いの種にしかならないではないか。

『月夜観は恥ずかしいんだ…！　俺のような者を飼っているって、人に知られたら…！

だから、月夜観は俺を……！』

それなのに、図々しく須佐王の館へ連れて行けと、何度もねだった自分が、輝津馳は死ぬほど恥ずかしかった。

ましてや、醜い尾のある姿を須佐王たちの前に曝して、輝津馳が酒席で酌などして回ったら、月夜観はどれほど恥を掻き、面目を失ったことだろうか。

『だから、あんなに怒ったんだ、月夜観は……！』

輝津馳は身を震わせた。

思えば、月の宮の中では自由に振る舞わせてくれる月夜観も、これまで輝津馳を外へ連れ出してくれたことは一度もなかった。

――我の飼い猫の分際で……！

不興の色も露わに、滅多にないほど声を荒げた月夜観の言葉が蘇ってくる。

醜い上に、愚かな輝津馳。

少しでも考える頭があれば、自分が置かれている状況など、誰の目にも明らかだったものを、輝津馳だけが理解できていなかった。

『俺は月夜観が飼っているだけの、ただの猫なんだ……！』

それにもかかわらず、月夜観に愛されているような錯覚を起こしていたのは、輝津馳が馬鹿だからだ。

『こんな醜い俺、愛されるはずなんかないのに……！』

母からも、父の一族からも疎まれ、誰かれ構わず石を投げつけられていたのは、ついこの間の出来事だというのに、月夜観に飼われ、優しく世話されるのに慣れた輝津馳は、そんなことすら忘れてしまっていた。

『馬鹿で醜い俺…っ！』

鏡の中に映し出されている自分の姿が、堪え難く輝津馳の心を傷つける。

艶やかで美しい、月夜観とそっくり同じにも見えた、あの邑の見事な黒髪とは似ても似つかない、下品でクシャクシャな赤い巻き毛。

『こんな髪…っ！』

不意に、激しく込み上げてきたものに耐えきれず、輝津馳は自分の醜い姿を残酷に映し出している八稜鏡を鏡筥から取り出すと、思い切り床に叩きつけた。

派手な音を立てて砕け散る魔鏡。

貴重な鏡を割ってしまったという後悔の念も恐れも、今の輝津馳には感じている余裕がなかった。

ただ、醜くて愚かな自分自身の現実から逃げ出したい。

しかし、脱兎のごとく塗籠から飛び出した輝津馳がとった行動は、実に愚かで、その醜さを上塗りするものとなった。

なぜなら、昼御座に置かれた文台脇の硯箱《すずりばこ》から、たっぷりと墨汁の入った墨壺を取り上げると、輝津馳は水干や畳が汚れるのも構わず、頭からそれを被ったからだ。

真っ赤な髪からポタポタと雫を滴らせる黒い墨汁。

気が狂ったかに見える、この輝津馳の異様な行動に、月の宮に仕える仔兎どもが悲鳴を上げて騒ぎだす。

「くっ…！」

一方、歯を食いしばった輝津馳は、仔兎どもの視線から逃れるように、そのまま湯殿へ駆け込んだ。

けれど、水干も脱がずに飛び込んだ浴槽で、輝津馳が洗い落としたかったのは、頭から被った墨汁ではなかった。

「汚い、汚い、汚い…！」

腰まで浸かった湯で、輝津馳は力任せに腕を擦った。

だが、皮膚が擦り剝けるほど擦っても、浅黒い褐色の肌は、邑や月夜観のように白くはならない。

「うっ、えっ、えっ、えっ…」

どうしようもなく切なく溢れてくる涙。

あの須佐王に寄り添っていた邑のように、髪が黒く染まり、肌が白くなったら、月夜観は輝津馳を愛してくれるだろうか。

そう、耳も尻尾も切り落として、尖った牙や爪も全部抜いてしまったら——。

「うっ、うっ、うっ…」

泣きながら、輝津馳は湯の中に座り込んだ。

そんなことをしても、所詮、輝津馳は邑のように美々しくはなれない。

愚かで醜い輝津馳が、美しい月夜観に愛される日など、どんなに待っても来ないのだ。

「月夜観ぃ…！」

胸に迫る恋しさと切なさ。

無駄な努力だとわかっていても、輝津馳には、擦り剝けた自分の腕を擦り続けるのをやめることができなかった。

「痛い…痛い…痛いよぉ…！」

堪えきれずに漏れ出す苦悶。

こんなにも痛むのは、血の滲みだした腕の傷なのか、それとも、キリキリと締め付けられる胸の奥なのか――。

「うっ、えっ、えっ…」

切なくしゃくり上げる輝津馳の嗚咽が、広い湯殿にいつまでも響いていた。

＊　＊　＊

さて、こちらは須佐王の館――。

酒席で杯を傾けながら、月夜観は満足げに須佐王と、その傍らに寄り添う邑の姿を眺めていた。

『やはり、こうでなくてはな』

月夜観が笑みを浮かべているのも無理はない。

何しろ、過去の不幸な出来事に囚われるあまり、愛する者に対して、交わりを持って尚、一線を画していた須佐王が、例の誘拐事件をきっかけに、とうとう自らを解き放ち、愛する者とともに生きる覚悟を決めたのだ。

須佐王が結界を越えて行こうとした時には、その死を思ったこともあった月夜観だったが、今、こうして幸せそうな須佐王と邑を見れば、やはり、己の欲するままに行動することこそが大切なのだと、改めて思わずにはいられない。

とはいえ、めでたく天つ国の者となった邑には、多少、閉口させられてもいる。

それというのも、邑が須佐王以上にしつこく、どこからか聞き及んだ輝津馳について、あれやこれやと尋ねてくるからだ。

「ねぇ、ねぇ、どうして？　どうして、いつも輝津馳を連れてこないの？」

「はて、なぜであろうな？」

質問に質問ではぐらかしながらも、月夜観は、この「ねぇ、ねぇ」攻撃は、どこかで見知ったものとまるで同じだと、苦笑を覚えずにはいられなかった。

人の子も、火の神の子も、総じて子供という生き物は同じ種族らしい。

だが、食い下がってくる子供を往なすのには慣れた月夜観も、ニヤニヤしながらこちらを見ている須佐王には、少しばかり腹立たしさを感じてしまう。

『須佐王め、この機会に、いつも我に遣り込められている借りを返そうという腹積もりか』

癪に障ると、月夜観が僅かに眉根を寄せた途端、案の定、須佐王が口を開いた。

「邑、尋ねても無駄だ。この月夜観という男は、苛虐を好む性癖の上に、それは嫉妬深くて独占欲が強いのだ。夜毎、酷く苛めずにはいられないほど、可愛くて仕方がない輝津馳を、他の男の目には触れさせたくないのさ」

「か、可愛いと…いじめ…る、の…？」

須佐王の説明に、邑が目を白黒させている。

月夜観は肩を竦めて、邑に問いかけた。

「須佐王も、褥では其方のことを苛めるであろう？」

「え…？」

「我は邑を苛めたりはせぬぞ！」

別に触れてもいないのに、まるでその毒牙にかかるのを恐れたかのように、須佐王が邑の軀を自分の袖の内に抱き寄せるのを見て、月夜観は呆れ果てて杯を呷った。

『嫉妬深くて独占欲が強いのは、どこの誰やら…』

だが、そろそろ月も出る。

邑を神社へ帰してやる前に、少しは褥で悦しみたいであろう須佐王に、月夜観は気を使ってやることにした。

『我は無粋な男ではないからな』

「邑よ」

月夜観は杯を置いて立ち上がった。

「はい？」

「せいぜい須佐王に苛めてもらえ」

「月夜観！」

須佐王が怒鳴ったところで、酒席は完全にお開きとなった。

ほろ酔い気分にも心地よい春の宵――。

手燭《てしょく》を持つ阿比と伊那の先導で、桜の花びらが舞い散る透渡殿《すきわたどの》を進んで行きながら、月夜観は終始、上機嫌だった。

『昨夜、苛め過ぎた分、今宵は優しく啼かせてやろう…』

昇りはじめた満月を灯りに、月夜観は帰宅の途についたのだった。

＊　＊　＊

しかし、帰り着いた月の宮は、大変な騒ぎになっていた――。

「いったい、これは何事だ！」

出迎えた仔兎どもに向かって、月夜観が声を荒げたのも無理はない。

何しろ、施錠してあるはずの塗籠は開けられ、床には割れた八稜鏡の欠片が散乱。寝殿の昼御座では墨壺が引っ繰り返されたのか、畳から床、壁、几帳などの調度品に至るまで墨汁が飛び散っている。

更に、床を見れば、墨汁の溜まりを踏んだのであろう小さな足跡が、廂から簀子、渡殿へと黒く点々と続いているのが見て取れる。

「輝津馳か…」

眉間に縦皺を寄せた月夜観に、側仕えの仔兎どもが、ここぞとばかり一斉に事の顛末を捲くし立てはじめる。

「輝津馳のヤツめが、塗籠の鍵を盗んで、主さまの大事なる魔鏡を割ったのです!」

「あの乱暴者が、主さまの硯箱から墨壺を盗って、まるで気が触れたみたいに墨汁を頭から被ったのです!」

「それはそれは酷い癇癪でございました!」

「あの輝津馳めは——」

誰も彼もが、まるで鬼の首でも取ったかのような勇ましさで得意満面。

普段から輝津馳と折り合いのよくない仔兎たちは、その乱暴狼藉の様子を主人である月夜観に訴えたくて、この惨状を片付けもせず、わざわざ放置していたのだろう。

『やれやれ、頭の痛いことよ…』

月夜観はため息を吐いた。

とはいえ、今は仔兎どもを諫めるよりも、姿の見えない輝津馳を捜す方が先だ。

『輝津馳は…湯殿の方か…?』

仔兎どもに片付けだけ命じて、月夜観は点々と続く輝津馳の足跡を辿った。

おかげで簡単に輝津馳の居場所がわかった分、床を拭かずにいた仔兎どもを叱るのは勘弁してやってもよいかもしれない。

墨汁の足跡が消えていった先は、思ったとおりの湯殿——。

中へ入った月夜観は、露天の岩風呂に蹲る輝津馳の様子に暫し呆れた。

『何が気に入らなかったものやら、まったく、仕様のない猫だ…』

何せ、水干も脱がずに飛び込んでいる上に、せっかく湯に浸かっていても、輝津馳の髪も顔も、未だ墨汁塗れの酷い有り様なのだ。

これは想像だが、あの八稜鏡を割ったということは、輝津馳はたぶん、月夜観が連れて行くのを拒んだ須佐王の館の様子を覗いていて、何か癇に障ることでもあったのだろう。

もっとも、酒席では取り立てて言うほどのことも起こらなかったから、輝津馳は連れて行ってもらえなかったこと自体に癇癪を起こしたのかもしれない。

「これ、輝津馳——」

しかし、軽い気持ちで岩風呂に歩み寄った月夜観は、いきなりその表情を険しくした。

湯煙で気づかずにいたが、こうして近くで見れば、輝津馳は腕やら首筋やら、あちこちをひどく擦り剝いている。

昨夜は酷い抱き方をした月夜観だったが、言うまでもなく、輝津馳にこんな怪我をさせた覚えはない。

「如何したのだ、これは…！　誰にやられた…！」

月夜観は狩衣が濡れるのも構わず、湯舟の中に入ると、蹲る輝津馳を抱き起こした。

「輝津馳…！」

留守にしていたほんの数刻の間に、輝津馳が誰かから狼藉を働かれたかと思うと、月夜観は怒りで目の前が真っ赤に染まった。

誰であろうと、月夜観の輝津馳を傷つけることは許さない。

たとえ、これが結託した仔兎どもが仕掛けた、他愛ない悪戯の結果だったとしても、月夜観は腹の底から込み上げてくる激しい怒りを抑えることはできなかったに違いない。

だが、仔兎たちは因幡《いなば》の素兎のごとく、怒り狂った月夜観に皮を剝がれる脅威を免《まぬか》れた。

消え入りそうな小さな声で輝津馳が、「自分でやった…」と答えたからだ。

「な、何だと…!?」

驚きの声を上げた月夜観を見上げる、大きな琥珀色の瞳。

その瞳が見る見るうちに大きく揺らいで、大粒の涙が溢れ出た。

「月夜観ぃ…！」

「か、輝津馳…!?」

泣きながら、いきなり胸にしがみついてきた輝津馳に、月夜観は訳がわからず動揺した。

しかし、その理由が何であれ、自分以外の者が輝津馳を泣かせるのには、絶対に我慢がならない。

「なぜ泣くのだ、輝津馳？　傷が痛むのか？　それとも、誰かに意地悪をされて悔しいのか？　そもそも、自分で自分の軀を傷つけたとは、どうしたことなのだ！」

その細い肩を揺さぶって問い質す月夜観に、輝津馳が何度もしゃくり上げる。

「輝津馳！」

「だって…だって…白い肌になりたかったから…」

「何だと!?」

「ゴシゴシ洗って…月夜観や…あの邑って子みたいに…白い肌になりたかったから…」

月夜観は思い切り鼻白んだ。

どれほど白くなりたかったのか知れぬが、汚れているならまだしも、持って生まれた褐色の肌の色が、湯で洗ったからといって落ちるはずもない。

それを、皮膚が擦り剝けるまで擦るとは、月夜観の猫はたいそうな愚か者らしい。

「其方が白くなって何とする？　同じ洗うのなら、この墨汁塗れの髪を洗え」

ところが、ため息交じりに、手で掬った湯を髪にかけてやろうとした月夜観に、輝津馳が吼えた。

「嫌だ……！　月夜観や邑みたいに、黒く染めるんだ……！」

「輝津馳」

「やだやだ……！　白くなって、髪は黒くする……！　邑と同じにするんだ……！」

喚き散らして、後はもう駄々っ子さながらに泣きじゃくるばかりの輝津馳。

『やれやれ…』

月夜観は呆れ半分にため息を吐いた。

どんなにそうなりたいと望んでも、所詮、どうにもならないと知っているから輝津馳は泣くわけで、どうやら月夜観が、「誰に泣かされたのだ！」と気を揉む必要はないらしい。

とはいえ、どうしてそうも輝津馳が、八稜鏡で覗き見たのであろう《邑》にこだわるのか、月夜観としても、少しばかり気にかかるところではある。

『まさか、邑の美童ぶりに胸をときめかせたのではあるまいな…？』

もっとも、そう考えただけで不快になっている月夜観の方が、傍目には、かなりの愚かしさだということを、月夜観本人はまるで気づいていない。

『冗談ではないぞ！』

無意識のうちにも不興の色を滲ませつつ、月夜観は輝津馳に尋ねた。

「なぜ、そのように邑と同じになりたいのだ？」

けれど、それに対する輝津馳の答えに、月夜観は結局、絶句させられることになった。

なぜなら——。

「俺が…俺が…醜いから…」

「な、何…!?」

「邑は綺麗だ…月夜観みたいに色が白くて…月夜観みたいに髪が黒い…醜い俺とは…全然…違う…」

そう言って、ポロポロと大粒の涙を零す琥珀色の瞳。

「俺が醜いから…須佐王の邑みたいに綺麗じゃないから…だから月夜観は恥ずかしくて…恥ずかしくて、俺を連れて行きたくなかったんだろ…？　それなのに、身の程を弁えない俺が、連れて行ってくれってしつこくねだったから、それで昨夜はあんなに怒って…」

昨夜の酷い交わりを思い出したのか、輝津馳は僅かに身を竦ませた。

「だ、だから…須佐王の邑みたいに、色が白くて髪も黒くなれたら…つ、月夜観も…もしかしたら俺のこと…す、少しは…少しは好きになって…くれるかも――」

俯き、やがては消え入る言葉。

項垂れたまま小刻みに震えている細い肩を見下ろして、月夜観は啞然としていた。

『輝津馳が醜い…？　邑のようになって、我に好かれたかっただと…？』

見当外れも甚だしい、呆れるばかりの勘違い。

だが、鏡を覗き込んで、そう思い詰めた輝津馳は、頭から墨汁を被り、擦り剝けるまで褐色の肌を擦ったのだ。

『なんと可愛い痴《し》れ者だ…！』

ところが、微かに笑みを浮かべた月夜観が、俯くその細い肩に触れようとした途端、輝津馳は再び必死の形相で咆えた。

「肌と髪は上手くいかなかったけど…！　月夜観が気に入ってくれるなら、俺、耳と尻尾を切るよ…！　牙と、それから、爪も全部抜くから…！　だから、だから…！」

自分を好きでいてくれという言葉を続けられなくて、輝津馳は唇を戦慄《わなな》かせた。

縋るように月夜観を見上げる、涙でいっぱいの怯えた琥珀色の眼差し。

『輝津馳…！』

瞬間、堪らない愛おしさが躯中から溢れてきて、月夜観は輝津馳の小さな躯を腕の中に力いっぱい抱き竦めた。

どれほど褥で苛め啼かせても、これほどの悦びは獲られない。

『我だけの可愛い輝津馳…！』

月夜観は輝津馳の唇に口づけた。

酷く啼かせたり、淫らな奉仕を強いたりしたことはあっても、月夜観が輝津馳の唇に口づけしたのは、これが初めてのことだった。

「我が苛めるのは、我の愛しい者だけだ」

初めての口づけに驚き入って、目を剝いたまま全身を硬直させている輝津馳に、月夜観は囁きかけた。

「其方が我の飼い猫になってから、我は其方以外を苛めていないし、苛めたいとも思わぬ」

「あ…」

「だから、耳や尾を切ったり、牙や爪を抜くことなど、考える必要はない。其方の褐色の肌も、赤い巻き毛も、琥珀色の猫目も、皆、我の気に入りだ。そのままの其方でなくては、苛めて啼かせる気がしないからな」

「…っ！」

刹那、輝津馳の全身を貫いた、稲妻に打たれたような歓喜の一瞬。

「月夜観ぃ…ッ！」

再び飛び込んだ腕の中で、輝津馳は月夜観の名前だけを呼び続けたのだった。


濡れた水干を脱がせ、生まれたままの姿にした輝津馳を、月夜観は湯舟の周りを囲む岩の上に寝かせた。

「少し湯中《あた》りしたか？」

「ん…」

尋ねられた輝津馳が横を向いたのは、常とは違う状況が少し恥ずかしいからだ。

同じ裸体を曝すにしても、閉じた空間である御帳台の中と、明るい満月に煌々と照らし出されている屋外とでは、まるで趣が違う。

それに、今夜の輝津馳は縛られてもいない。

『な、何か…恥ずかしい…かも…』

上気した頬を、更に赤らめる輝津馳の上に、月夜観は湯の中に腰から下を浸かったまま、ゆっくりと上体を倒した。

最初に舌先が辿ったのは、輝津馳が掻き毟った首筋の傷だった。

「あ……っ！」

走り抜けた一瞬の痛み。

けれど、それはすぐに甘い痺れへと変わっていった。

傷口から鎖骨の窪みを辿って薄い胸へ——。

褐色の胸を淡い紅色で彩る二粒の小さな突起を、月夜観は夜目にも鮮やかな紅色に染まるまで、執拗に舐め擦った。

「あっ、あっ……ぁあん……っ……」

ぷっくりと尖った胸飾りの先に歯を立て、きつく吸い上げる度に上がる艶かしい喘ぎ声。

「よい声で啼く」

月夜観は笑みを浮かべて、更に下へと舌先を滑らせていく。

脇腹に軽く歯を立て、臍の窪みを舌先で嬲り、未だ無毛のままの股間へ——。

「もう先のところが濡れているぞ？」

「やっ、ぁん……」

からかうように息を吹きかけられただけで、輝津馳の腰は淫らに震えてしまう。

戒められていない手をどうしたらよいのかわからず、輝津馳は岩の上でギュッと拳を握り締めた。

それでも、力を込めた拳以上に、股間で震えている花芯には、ドクドクと脈打つ熱いものが集まってきてしまう。

月夜観の見ている前で、輝津馳の花芯は震えながらムクムクと勃ち上がり、恥ずかしい割れ目まで覗かせてしまった。

「いやらしい猫め」

「は、ぃん…っ」

「見られているだけで、其方のここは蜜を飛沫せそうだぞ?」

「ふ、あぁん…っ」

羞恥に身を捩ろうとするのを許さず、月夜観は輝津馳の濡れた花芯に舌を這わせた。

「あ、ひぃいんっ…っ！」

鮮烈すぎる刺激に、一気に仰け反る軀。

ザラつく仔猫の舌を使って奉仕させられることはあっても、月夜観が輝津馳の花芯に唇や舌で愛撫してくれることは滅多にない。

「あっ、あっ…ダメぇ…ッ…！」

絡みつく熱い舌の滑り。

口中深く含まれ、小さな花芯をたっぷり吸い上げられる。

尖らせた舌先で、浅ましく露出しきった鈴口の割れ目を攻められて、輝津馳は身も世もなく泣き叫んだ。

「ダメ、ダメ…！　離して…っ！　出ちゃう、出ちゃう…っ！　月夜観の口に…っ！」

そんな粗相は許されないと、必死に堪えようとする輝津馳。

しかし、攻める月夜観の舌技の前に、輝津馳は呆気なく陥落した。

「ひ、ぁあああっん…っ！」

弾け飛ぶ悦び。

いやらしく蜜を嚥下する、ゴクリと淫らな音が響いた。

「ご、ごめんなさい、ごめんなさい…っ」

恥じ入り、粗相を詫びる輝津馳に、月夜観は濡れた唇を拭って笑みを浮かべた。

「よい、今宵は特別だ」

「あ…」

輝津馳は首筋まで真っ赤になった。

特別だというのなら、昨夜はいくらねだっても貰えなかったものが欲しい。

そう、異形の張形で散々に嬲られた場所に、今夜こそは月夜観の雄身を埋めて、腰が砕けるまで奥を突いて、突きまくって欲しいのだ。

「如何したのだ？」

モジモジと欲望を訴えている輝津馳に、月夜観が意地悪く尋ねる。

輝津馳は身を起こすと、おずおずと月夜観の下腹へ手を伸ばした。

濃い茂みの下、湯煙に霞んでいても、それとはっきりわかるほど逞しく隆起した雄身。

「あ…」

指先に触れた熱いそれに、輝津馳はゴクリと唾を飲んだ。

それから、雄身に指を這わせたまま、恐る恐る月夜観の顔を見上げる。

「欲しいのか？」

「う、うん…」

こっくりと頷いた輝津馳に、月夜観が笑みを浮かべた。

「では、尻をこちらに向けて四つん這いになれ」

輝津馳は羞恥を堪えて、命じられたとおり、尻を月夜観の方へ向けた格好で、岩の上に四つん這いになった。

「よい眺めだぞ」

受け入れ易いように尾を上げてしまうと、淫らな後孔の窄まりが丸見えになってしまう。

「は、ぁん…！」

昨夜の荒淫の痕も生々しく、濡れて熟れた柘榴の色をした肉襞に、無慈悲に突き入れられる長い指。

何度か抽挿を繰り返されただけで、そこはヒクヒクと淫蕩な蠢きを露わにし、輝津馳の花芯は這わされた岩の上に蜜を滴らせた。

「これ、はしたないぞ」

叱って、パシリと叩かれる尻。

「あっ、あっ、あっ…！」

刺激で、輝津馳は更に蜜を零してしまった。

「も…許して…」

上げたまま、切なく震える尻尾。

同じ嬲るのなら、どんなに痛くてもよいから、月夜観の雄身でメチャメチャになるまで嬲られたい。

「い、挿れて…よぉ…」

果たして、涙を浮かべながらねだった願いは、すぐに叶えられることになった。

両手で腰を摑まれ、淫らにヒクつく熟れた窄まりに宛がわれ、ズッと一気に突き破られる。

「――ひぃあぁああ…ッ！」

迸り出る悦楽と苦悶の叫び。

透かさず、ズルルと抜け落ちる寸前まで抽き出されたものを、再び容赦なく最奥まで挿入される。

「ヒィ、あっ…ひっ、ひっ…ッ！」

頭の芯が灼き切れてしまいそうな快感の嵐。

ズッ、ズッ、ズッと抽挿を繰り返される度に、輝津馳の花芯からは蜜が白く迸り出る。

熟れた柘榴の色を露わに、捲れ上がる後孔の縁。

「あっあ…っ！　ダメ、ダメ…っ！　壊れる…っ、壊れちゃうぅ…っ！」

迎えた極まりに、ビクビクと痙攣する尻尾。

瞬間、肉襞の最奥まで撃ち抜く熱い迸りに犯されて、輝津馳は意識を飛ばした。

「輝津馳…っ！」

「あ、ぁあ――…ッ！」

深々と獣の形で交わる二人の影絵を、煌々と照らす満月の光が岩肌に映し出していた。

＊　　＊　　＊

さて、紆余曲折の末、ついに迎えることとなった、とある秋の日――。

須佐王と並んで広廂に座った月夜観は、明らかに不機嫌な顔をしていた。

正直、酌み交わしている酒の味すらどうでもよい。

そんなことより、気になるのは、ひたすら庭の様子だ。

『このように離れていては、何を話しているのか、聞こえぬではないか！』

苛立っている月夜観の視線の先にあるのは、庭の紅葉の木の下で、何やら二人仲良く話をしている輝津馳と邑の姿。

月夜観としては、最後まで抵抗したのだが、「輝津馳に会ってみたい！」とねだる邑の願いを聞き入れた須佐王が、とうとう不意打ちを仕掛けてまで、月の宮へ押しかけてきてしまったのだから仕方がない。

そして、前々から邑に会いたがっていた輝津馳が、この予期せぬ須佐王と邑の来訪に大喜びしたのは言うまでもないことだ。

「月夜観、其方、本当に偏狭な男だな？　邑は輝津馳と友達になりたいだけだ。そう心配せずとも、其方の大事な輝津馳を奪っていったりなぞしないぞ」

「煩いわ！　黙りおれ！」

取り成そうとする言葉すら、ロクに耳に入らない様子の月夜観に、須佐王は呆れて自らみやげに持参した酒を呷った。


一方、庭に出ている輝津馳は、ドキドキ、ウルウルの眼差しで邑を見上げていた。

『凄い…！　綺麗だ…！　肌は真っ白で、髪は真っ黒…！　ちょっと月夜観に似てるかもしれない…！』

実のところ、似ているのは肌の色と髪の色だけなのだが、「月夜観に似ている」と感じた邑を、輝津馳は一目で大好きになってしまった。

もっとも、それは会いに来た邑の方も同じで、一目見るなり、すっかり輝津馳の愛らしさに夢中だ。

『か、可愛い…！　本物の猫耳に尻尾だよ…！　たまには、ニャーとか言っちゃったりするのかな？』

現し世のマニアが見たら、それこそ垂涎《すいぜん》ものの可愛らしさ。

こうも可愛らしくては、月夜観が輝津馳を誰の目にも触れさせたくないというのにも頷けるような気がする。

「月夜観は、嫉妬深くて独占欲が強いんだって」

「え？　そ、そうなの…？」

「うん、須佐王が言ってたよ。月夜観は、本当は誰にも見られないように、輝津馳を小さな宝箱に閉じ込めて、いつも懐に入れておきたいんだって」

邑の言葉に、輝津馳は琥珀色の瞳をパチクリさせた。

そんな風に月夜観から想われているなんて、初耳だし、とても俄には信じられない。

だが、邑は自信満々だ。

「本当だよ。何度も輝津馳に会わせてって頼んだのに、月夜観が許さなかったのは、僕が輝津馳を奪っちゃうって、本気で心配したからなんだよ。可笑しすぎるよね？」

「あ…」

輝津馳は真っ赤になった。

それが嘘でも構わない。

自分がそんなにも月夜観から想われているのだと、人の口から聞かされるなんて、こんなに幸せなことがあるだろうか。

『う、嬉しい…！』

頬を赤らめながら、歓びに耳と尻尾をピンと立てる輝津馳。

仔猫のように愛らしいその仕草に、邑の黒い瞳がメロメロになったのは言うまでもない。

『か、可愛いぃぃいぃいっ！』

月夜観の心配を嘲笑ったものの、これは連れて帰りたいと思わなくもない。

このまま輝津馳の手を引いて、庭から逃走劇を演じたら、いつも澄ました月夜観はどんな顔をするのだろうか。

『あはは…！　おもしろそうだけど、やっぱり、ちょっと怖いかも…』

ちらりと館の方へ視線を送った邑は、頭をもたげてきた悪戯心に蓋をした。

とはいえ、実物がこんなに小さくて可愛いとなると、邑には少し気になることがあった。

いつか聞いた、苛虐を好むという月夜観の性癖についてだ。

『輝津馳って、本当に毎晩、月夜観に苛められちゃってるのかな…？』

初対面で尋ねる話でもないとは思ったけれど、月夜観があの調子では、次はいつ会えるかわからない。

好奇心に負けて、邑はこっそり輝津馳の耳元に囁いた。

「ねぇ、月夜観って、本当に輝津馳のこと苛めるの？」

「う…？」

一瞬、キョトンとし、それから真っ赤になった輝津馳は、それでも、小さな声で答えてくれた。

「つ、月夜観が意地悪なのは…し、褥の中、だけ…だよ…」

「へぇ！　やっぱり、そうなんだ！」

「う、うん…」

「え～！　でもでも、輝津馳はそれでいいの？　苛められて、嫌じゃないの？」

こっくりと頷く輝津馳に、邑は興味津々で再度尋ねた。

もっとも、その答えは、邑が期待していたものとはまるで違っていた。

「つ、月夜観が苛めるのは…愛しい者、だけだって…だ、だから、いいんだ…」

「ふぅ～ん…」

思わぬところで耳にしてしまった、深くて大人な愛の形。

可愛いから苛めるというのは、好きな女の子に意地悪をするという小学生レベルの話までしかついていけない邑だが、頬を赤らめている輝津馳が幸せそうなので、それ以上の質問はやめにした。

だが、ここは輝津馳よりもお兄さんらしく、現し世の知識を伝授してやろう。

「あのね、輝津馳」

邑は再び、その猫耳に唇を寄せた。

「可愛いから苛める人を、サディストって言うんだよ」

「さですと？」

「そうそう、サディスト」

「？？？」

「今度から月夜観のこと、そう呼べばいいよ」

純粋培養の田舎の高校生から伝授された、今一つ用を為さない無駄な知識。

この話を真に受けた輝津馳が、サディスト呼ばわりされて気分を害した月夜観から、褥でいつもの倍も啼かされることになるのは、それから数時間後のことになる。


「これ、其方たち、いつまで庭にいるのだ！　菓子をやるから戻って参れ！」

ついには怪しげにヒソヒソ話をはじめた輝津馳と邑の様子に、痺れを切らした月夜観が階から声を張り上げる。

そんな月夜観の後ろに、「やれやれ」といった面持ちで立つ須佐王。

「は～い！」

呼ばれた二人は元気な声で返事をした。

白い玉砂利を蹴って庭から駆け戻ってくる輝津馳と邑の背を、穏やかな秋の陽ざしが包んでいた。

あとがき

こんにちは、篁釉以子です。

まずは、ここまでお読みくださった皆さまに、心より深謝申し上げます。

異界に棲む人外攻めに、王朝風コスプレから巫女装束の美童、果ては猫耳にシッポがある半人半獣の男の子まで——かなり趣味に走ったお話でしたが、皆さまには、多少なりともお楽しみ頂けましたでしょうか？

作者的には、と～っても楽しく書かせて頂きました♡

特に脇役好きの篁としては、須佐王と邑の主役カップルよりも、苛虐趣味の月夜観と猫耳輝津馳に激しく肩入れしてしまいました。

もう、輝津馳が可愛くて可愛くて仕方がありません（笑）。

ちょっと輝津馳が子供すぎるというご意見もあるかと思いますが、輝津馳は人間の子供じゃないので、どうぞロリ趣味に走った篁をお許しくださいませ。

ということで、皆さまには、須佐王と邑が主役の一の巻と同様、月夜観と輝津馳を主役に据えた二の巻も楽しんで頂ければ、本当に嬉しい限りです。

そして、嬉しいといえば、今回は何といっても、大好きな史堂櫂さんに、久しぶりにイラストを描いて頂けたことです！　いつもながら麗しい絵柄に、もう感涙です！　この場をお借りして、深く御礼申し上げます。史堂櫂さん、本当にどうもありがとうございました！

それではまた、どこかの紙面で皆さまとお会いできる日まで――。

二〇〇八年九月吉日

篁釉以子

プリズム文庫をお買い上げいただきまして
ありがとうございました。
この本を読んでのご意見・ご感想を
お待ちしております！

【ファンレターのあて先】
〒153-0051　東京都目黒区上目黒1-18-6 NMビル
（株）オークラ出版　プリズム文庫編集部
『篁釉以子先生』『史堂　櫂先生』係

妖しの恋の物語

2008年11月23日　初版発行

著　者　篁釉以子
発行人　長嶋正博
発　行　株式会社オークラ出版
〒153-0051　東京都目黒区上目黒1-18-6　NMビル
営　業　TEL:03-3792-2411　FAX:03-3793-7048
編　集　TEL:03-3793-8012　FAX:03-5722-7626
郵便振替　00170-7-581612（加入者名：オークランド）
印　刷　図書印刷株式会社

ISBN978-4-7755-1282-1